1　2　3　...　8　9　10　11　....　21　...　25　26　27

作 家 出 版 社 ＆ 一 个 人 去 旅 行

2014 年夏初我决定无论多大困难，

都要独自自驾去趟西藏。

现在不去，

将来可能永远不会再去。

一个人　一条狗　一辆车

开车带狗
去西藏
27天

朱燕 ／ 图·文

作家出版社

27天
去西藏
开车带狗

目　录

contents

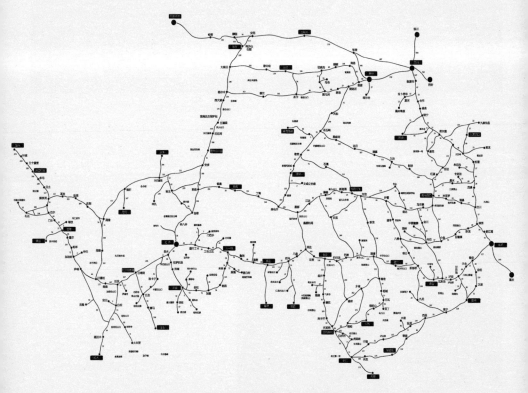

注：行车记录仪因出发前未调试，故书中所有行车记录仪拍摄的
图片显示时间比实际时间早两个小时，特此注明。

01
—
02

01 海拔 4298 米的折多山。

02 雅安酒店停车场里朱旺偷看我在干什么。

03 已到"世界第一高城"理塘，理塘县平均海拔 4014 米以上。我们仨风尘仆仆。

04 藏区到处可见的经幡。这里尤为整洁。

05   海子山共有 1145 个大小海子，其规模密度在我国是独一无二的。

06   开车行驶在宗巴拉山上要极为小心，坡大并且随时 180 度的大弯道让你猝不及防。（行车记录仪拍）

05 | 07
06 |

2014/06/13
08:14:39

07 整个然乌湖像一颗巨大的翡翠，
美得令人窒息。

08　行驶在"墨脱原始森林"里，犹如在进行着一场汽车越野大赛……

09　早晨，雾霭中的"墨脱原始森林"。

10 "通麦天险"是世界第二大泥石流群，也称"通麦坟场"。（行车记录仪拍）

11 "通麦坟场"的路有多难走无法想象，有的窄得仅能过一辆车，有的是两块铁皮架的路……而下面就是波涛奔涌的雅鲁藏布江。（行车记录仪拍）

12 你能想象此刻是鲁朗晚上8点多钟吗？

2014-06-19 19:3

13

和朱旺在布达拉宫前。

13 | 14
| 15

14

抱着朱旺站在拉萨客栈的
层顶上，可以看到身后的
布达拉宫。

15

去往羊卓雍措的路上，美
得惊艳。

16 羊卓雍措，藏语意为"天鹅之湖"，西藏三大圣湖之一。

17 雨后的日喀则如一幅精美绝伦的泼墨画，已经无法用言语来形容她的美丽。

18 在开往纳木措海拔 5000 多米的那根拉山半山腰处，"朱二黑"熄火了。得到一位川籍陈师傅的帮助才打着了车。

19 天上神湖纳木措。走近她时却发现相机没有内存了，手机也没电了。

16	18
17	19

20

朱旺和"朱二黑"在青藏高原上合影。

21

青藏公路上，逗遛时间最长的就是海拔 5231 米的唐古拉山了。给朱旺和"朱二黑"拍照留念。

☀ ⛅ ☁ ☁

1 曾经

有一天，我将老去。

坐在阳台的藤条椅上，看着日落时分。

我面带微笑。

回忆，这一生我走过的地方。

老人常说：一个孩子不足 11 个月就站起来走路，要拿个枕头放在他（她）的头顶压一会儿，阻止他（她）。不然这个孩子长大后肯定不安分，一定会远离父母，客走他乡。

妈妈对我说：我没有阻止你，我让你走了。我希望你的人生由你自己做主，你的路怎么走由你自己决定。

后来，我一个人来到了北京，在一家出版社做编辑。16 年后，我离开了这家出版社。

一个人的经历由性格而定。

我注定就不是一个安分的人。

2014 年 6 月 8 日，一个人一条狗一辆车，我、朱旺、"朱二黑"，开始了我们 27 天的北京自驾西藏之旅。

多年前，有一个男人跟我说：我一直有一个愿望，就是要自驾去西藏，我要组一个大……大的车队，浩浩荡荡地，一定很壮观！

男人这时问我：你有什么愿望？

那时我刚养朱旺，我说我现在就想给朱旺买辆车，因为公交不让它上，而有的出租车司机会嫌弃它。

2009 年 11 月，我真的为朱旺买了一辆黑色的吉姆尼，我给它取名"朱二黑"，因为朱家老大是"朱旺"。

有"朱二黑"的第二年，又有个男人告诉我，他有个朋友刚刚自驾穿越了美国，他说他也要驾车穿越美国，去欧洲，沿着成吉思汗西征的路线，向着日落的方向到奥地利、匈牙利……

他说话的语气、梦想的眼神感染了我，我佩服、羡慕、向往……自驾在路上的感觉一定非常美妙。

他问我：你呢？有计划自驾旅行吗？

我吞了口唾沫，2010 年的春节，我这个新司机刚刚尝试着带朱旺驾车回了趟武汉老家，早晨5点出发，开了18个小时的车后回到了妈妈身边。我知道自驾旅行并不像人们想象的那样美好和浪漫，自驾时的艰苦和所有未知的困难随时可见而无力掌控。

我小心地回答这个男人，有些不好意思地告诉他，我一直有个小小的愿望，想骑自行车环一次海南岛。

男人眯眼想了想说：也不错，去吧，既然想到了就去做。只是那不是我的愿望。

2011年3月，我买了辆白色的大行折叠车，我给它取名"朱小白"，它是朱家老三。随后，我带着朱小白坐飞机到了海南，独自一人花了17天时间骑行了海南岛的东线和中线。虽因西线修路没有去，但也算圆了我的环海南岛愿望。

以后，经常会听到很多人的很多愿望。只是，我一介弱女子，没有那么多的奢望，也没有那么多的雄心壮志。我只是向往一种自

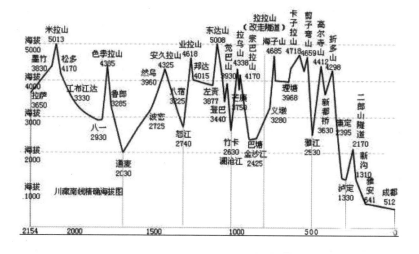

川藏南线海拔图。

由，热爱美好的一切。

这个世界，牛逼的人有很多。吹牛逼的人也有很多。

现实与理想有多远，实际与愿望就有多远。

有的人说的永远比做的要多。

所以——

更多的时候，我选择去做！

随着年龄的增长，我更加确定自己想要什么或想成为一个什么样的人。

我不再去想愿望是什么，而是去做计划。比如：2013 年年初，我有了一个计划，我要带着朱旺来一次长途自驾旅行。那个时候，首先想到的就是去西藏。

可惜春节前，医生查出我有很严重的频发性早搏，24 小时动态心电图显示早搏次数近两万次，医生建议我做个微创手术。我没有做手术，我查看了些医书，我认为心脏的问题还是不要轻易动手术好。

但虽如此，我想带朱旺自驾旅行的计划没变，2013 年 4 月，我和朱旺有了第一次长途自驾旅行，北京—云南—北京。行程共28 天，8770 公里（详细记录在旅行随笔《开车带狗去云南 28天》中）。

这 28 天，我和朱旺由志忑而慌乱地上路，到泰然自若地在高速服务区里过夜……云南自驾之行让我明白，人一旦上路了，就很难停下来。因为从云南自驾回到北京的那一刻，我就在计划着下一次的自驾旅行。

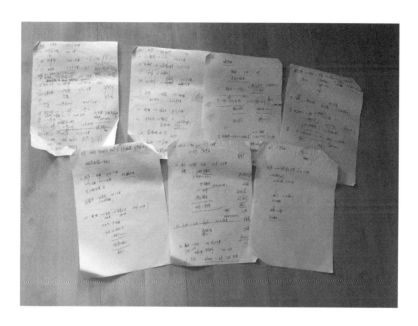

手写的自驾计划路书。

城市待久了，诟病太多。

而我总想去远方看看，去那些不曾到过的地方，看看不同的风景和人。

有了第一次带朱旺长途自驾旅行的经验，2014 年 6 月，我再次计划和朱旺、"朱二黑"来一次说走就走的旅行。

这一次我决定无论有多大的困难，我都要自驾去西藏。

现在不去，将来可能永远不会再去。

2 出发前传

　　无数人无数次地提到西藏。布达拉宫、大昭寺、珠穆朗玛峰、雅鲁藏布江……纳木措、玛旁雍措、羊卓雍措、拉姆拉措……西藏有着无与伦比的绝世美景，更有着神秘传奇的民族文化背景。达赖、喇嘛、活佛、佛教、寺庙……农奴、贫困、朝圣、高原反应、红景天……

　　有朋友说：我今生要去两次西藏，坐火车去一次，自驾去一次。

　　自驾去西藏，很多人说那是男人的梦想。

　　西藏，到底有多吸引人，只有去看了才知道。

现实告诉我，"说走就走"的旅行有些扯，没有人能开始一场"说走就走"的旅行。任何旅行一定是在计划中的。一个男人突然决定带一个女人"说走就走"，那不是旅行，那是私奔。

所以，我的自驾西藏之旅事先是做了功课的。

出发前的心情是复杂的。

跟所有的旅行者一样，出发前想到了可能会发生的困难和危险。

1）身体状况。我的频发性早搏在药物的控制下，24小时动态心电图显示早搏次数已降到了7000……那么一个人在西藏高原反应了怎么办？

2）进藏的路无论川藏、青藏、滇藏还是新藏，自驾去过的网友都多次地提及路烂、危险、难走……那么一个人车坏了怎么办？

3）不断有网友提醒我进藏之路有孩子拦路要财物、有人打劫，单车更危险……那么一个人遇到了危险怎么办？

……

人在路上，会有无数的可能性。上网查资料，看别人的游记，制订自己的路书，在QQ群里咨询自驾过的网友。有人说：没事。去吧，人生不去一次西藏会很遗憾……有人说：藏獒很凶的，你带条小狗进藏多危险，万一被藏獒咬了怎么办？还有高原反应，去年就有一条拉布拉多因高原反应死在了西藏，主人不知道有多伤心……甚至有爱狗人士指责我说：你太自私了，你有想过狗狗吗？它愿意去吗？你这是虐待狗狗……

网友的善意我都记了下来。

一个人，最大的障碍是自己。最大的困难来源于自己的内心。

但冒险不是说无知和无畏的。盲目上路，那就不是冒险，而是铤而走险，是拿自己的生命开玩笑，是不负责任的。

我是能够为自己的行为负责任的一个人。

我认为最大的困难或我最担心的是高原反应，因为那是无法预知的、不可预料的，而每个人的身体状况不一样，所表现出来的反应也会不一样。

高原反应我自己总结是一种并发症。感冒、发烧、心脏病、咳嗽、高血压……单一任何一种病暴发后引起身体其他病状交叉汇集并发出现的一种症状。当然，我的解释不专业，这也只能算是我自己的领悟。

其次，我是对路程和我安排的路线进行了预测性评估。我认为车的安全性能非常重要，车没有状况，此次自驾成功的基数就能达到 50%。

○　准备带上车的
　　食物和药。

最后，将出发日期定在 6 月 8 日，然后检查车，买各种药，买修车工具，买防护工具……6 月 7 日，我将微博名改为"朱燕-独行客"，并发帖：

北京自驾西藏路书：

北京—平遥—汉中—雅安—雅江—巴塘—左贡—然乌湖—墨脱—八宿—拉萨—日喀则—纳木措—那曲—格尔木—青海湖—兰州—北京。

一个人，一条狗，一辆车。只为了一次旅行。

6 月 8 日贵人日，宜出行。预报天气北京雷阵雨转阴。

@ 沿途的汽车。我本一弱女子，不会抢道抢行，请相互谦让。

@ 同样走川藏线的车友。如果碰到，请让我跟随一段。

@ 过路的车队。如果我在修车，请停下搭一把手，我准备了香烟酬谢。

@ 高原反应。忽略我忽略我，我如尘埃般无足轻重。

@ 所有的神灵。我又老又丑又穷，不值得关注。

@ 一切未知的麻烦。能顺利解决。

@ 看到此消息的人。请祝我一路平安。

发完帖后内心突地不安，因为去的地方是西藏，是一个神秘而有许多未知的地方。

不可否认，我真的一直在想这个问题：意外！如果我有意外会怎样？

3 一个人上路

2014 年 6 月 8 日，一个周日的早晨。天气预报说有阵雨，但我开车上路的时候，太阳高照，路上的车不少。

一个很好的开始。

但上了路后，我却莫名地伤感起来。没有朋友相送，没有大规模的车队，一个人带着一条狗开车上路了。

有时候，孤独是自己选择的。

昨夜里失眠了。

闹钟设的5点，但4点多就醒了。起床后茫然地在客厅里走来走去，不知道要做什么。行李已在头一天，一个人一点点地搬到了车里。现在，客厅里只摆放着随身背的包和一些食物，再就是装有朱旺的窝和零食的包。

我明白自己的茫然无所适从还是因为要去的那个地方。

收拾好自己，将所有的物品全搬上了车，带朱旺在小区里遛弯儿，看着它不安定的眼神和时刻跟随我的脚步，我确定它知道我们今天要离开家。

这半个多月来，朱旺一定每天都在揣摩我要干什么。几乎每天都有快递送货到家里。客厅里逐渐堆满了各种物品。朱旺又看着我一一打包装车。

我知道朱旺所有的不安表现只是担心我丢下它。

7点的时候，我决定出发了。

发动车子，才发现行车记录仪的固定支架忘拿了。上楼去取，没有找到，又发现在随身的包里。

叹气自己太慌乱，淡定淡定。朱旺在车里开始叫，抚摸着它的头，给它系好安全带，我说："宝贝，不要怕，我们是去旅行，和以往所有的旅行一样……"

其实我是说给自己听的。

几天前，有些朋友说要送行，还要帮我搬行李装车。但这次，我特别害怕"送行"这两个字，所以，没有和朋友们强调我出门的日期，一个人悄悄地搬行李装车，一个人默默地出发了……当车刚

◉　　　高速途中。今天总行程 617.2 公里。

驶出地下车库的时候，伴随着朱旺的狂叫声，我突然有些伤感，就这样离开家了，一个人……

车上四环的时候，朱旺见车开起来便不叫了，我却越来越伤心……没有来由。

到杜家坎收费站的时候，我好了许多，这条自驾的路是自己选择的。一个人的性格也注定你将经历与别人不同的人生。

既然已经出发了，既然已经选择了，就要开始一个人面对了……没什么大不了的，不过是一次自驾旅行而已。哪就危险了呢？哪有那么多的困难？我一定会平安回来的。

朱旺见停车又开始叫，吓得收费员收回了手。我抱歉地冲收费员笑着。我亲着朱旺，"我、你、'朱二黑'，我们是一队'在路上'组合。你要乖一点，我们旅行累了就回家……"

我们休息的第一个服务区是窦店服务区。到这里，我彻底平静了，开始检查随身的电子设备，发现行车记录仪的遥控器失灵了，后悔出门前没试试。

朱旺很不配合，不吃不喝，下车也不跑，只是看着我。我打开iPad，听相声和音乐。我决定在微信朋友圈里同步我的旅行，也因为是去西藏，我想告诉朋友和家人我很安全。

我最小的姐姐看到微信，发来一条消息说你干吗一个人出发，不找个伴。她说西藏很危险，她让我赶紧回家……

我立刻威胁她，想我安全回家就闭嘴，并且不许告诉妈妈。

五姐就闭嘴了，从此跟帖小心翼翼的。

我一下子很内疚，发现对家人很"暴力"。只是一个上路了的人，怎能让她回头。

想起几天前，有朋友知道我独自一人自驾去西藏很不理解，说人家去西藏都是组一个车队……而且车没油了怎么办？……朋友说你至少找个伴吧。

我为什么要一个人自驾去西藏？为什么？

我为什么呀？

很多人不知道，有时找个好旅伴比找个好老公还要难。

中午停在了河北行唐服务区，喝葡萄糖，吃红景天。我已完完全全进入到旅行的状态，午饭是自带的面包、快餐面、肉肠、巧克力。朱旺还是不吃东西，但喝了不少水。将车停在一个僻静的地方，小睡了一会儿。

狗的记忆力很强，适应能力也很强。朱旺一定是想起了我们去年的云南之旅，我们开着车从一个城市到另一个城市，从叫客栈的地方到叫酒店的地方，我们每天换着不同的风景……所以，到满城服务区时，朱旺开始奔跑找地方撒尿，我趁机给它吃了个小肉肠。下午进入山西后，朱旺已完全找回旅行的感觉，又恢复了上车就叫、开车就睡、下车就跑的境界。

那么现在，我、朱旺、"朱二黑"，一个人一条狗一辆车的旅行就真正开始了……在路上，如果说是我们三个的缘分，不如说是注定。许多的姻缘巧合，注定我们今生有这趟旅行。

旅行的第一站是平遥。出发前特地买了小米手机3，高德地图还算给力，只是太费电。下午，一路上都在听郭德纲的相声，结果错过了西安方向的出口，在高速上小绕了一下，过了清徐县才离开高速到平遥，多花了30元高速费。

出发前就预订了一家家客栈、酒店，一直预订到拉萨，计划到拉萨的日期为6月19日。

下午4点49分到达平遥预订的客栈。今天总行程617.2公里。

平遥古城十年前来过，但再看却让人很失望，到处都在改建。在平遥古城和朱旺找了家当地的小饭馆，点了份山西面食牛肉碗秃。平遥的狗狗们都很乖，很不明白朱旺为什么不肯下地，一直要我抱着。吃饭时朱旺蹲坐在旁边的一个小凳子上，我将仅有的两片牛肉给它吃了。

晚上，将所有的照片通过手机WiFi传到网盘上，很得意，不

在平遥，朱旺不
肯下地，要抱着，
或坐在椅子上等
着吃肉。

需要移动硬盘了。

微信里，朋友们一条条的平安祝福让我感觉很温暖。

我依旧和朋友们在一起。

4 出行的第二天

失眠是件很烦的事情。

早晨闹钟响时，很不想起床，但还是起了。

这趟旅行是西藏，一个海拔很高的地方，一个高原反应会夺去生命的地方，一个隐藏着很多天机的神奇地方……很多网友建议在高海拔地区，不要过多洗澡。所以，这一趟旅行，为保持体力早晨不洗澡不洗头，每天早中晚三次各喝一袋葡萄糖冲剂并吃两粒红景天，每天晚上临睡前冲两袋感冒冲剂。

朱旺总是这样，在我清理行李的时候，蹲在床边看着我，到我开始清理它的包时，它就激动地跑过来，要抱。它永远怕我丢下它。

天气预报说有雨，但出门时天晴得让心情放亮。

临走前，让老板娘祝我一路平安。老板娘愣了一下，但马上说"祝你一路平安"。我却有些不好意思，说谢谢。她说不客气。

习惯性地检查车胎，7点50分和朱旺出发了。

客栈离高速入口很近，并且有导航仪的指导，我们很快上了高速。今天计划到汉中，行程780公里。在微信朋友圈里同步旅行，决定不像昨天那样逢服务区就休息。一个朋友跟帖：还是慢慢来，别累着。

离开平遥。今天计划到汉中，行程780公里。　●

谢谢朋友们的关心。

高德导航里面默认的是林志玲的声音,她一直用台湾腔说:"沿着此道一直往前,请向左,请沿此道向左……"昨天在高速上,本来应该沿西安方向上岔道向右就能到平遥,导航里林志玲一直在说:"一公里后向右往西安方向……500米后请向右往西安方向……"但因为听郭德纲的相声,一直在乐,就没有理会林志玲的絮絮叨叨。接着,很快传来林志玲温柔的声音,就像老婆对老公说:"你已偏离了航线……"一惊,才知道自己错过了出口,想回头已来不及,正懊恼时,又听到林志玲暖语绵绵的声音,就像个贤惠的妻子,并没有责怪走错路的老公,而是说:"我已替你重新规划了路线,请沿此道一直往前……"

6月9日,一个人一条狗一辆车,朱燕、朱旺、"朱二黑",北京自驾西藏的第二天。今天没有听郭德纲的相声,怕自己又走岔了。高速上走错路不比城市里,往前几百米调个头就能找回道路。高速走错了,有可能多走十几公里,甚至几十公里。

选择听小提琴,但人有些困,听了小提琴更困,于是改听段子,结果在陕西韩城又出错了。这次不能怪导航。我听着段子猛然看到韩城出口就当服务区开过去了,当发现时已无法回头了,只得交钱出了收费站后,再绕进高速。

每次停车休息,是先照顾朱旺喝水上厕所,才是我喝水、上厕所。朱旺还是不吃狗粮,给它吃了两根迷你小肉肠。

韩城服务区很干净,有个大的餐厅,很舒适、凉快。很多人在这里吃饭休息。我泡了碗快餐面冲了杯葡萄糖带着朱旺来到餐厅。

高速服务区大多都建得很好。到韩城服务区了，"朱二黑"在服务区休息。 ●

刚坐下，一条不知名的小狗立刻跑过来和朱旺打招呼，但朱旺没兴趣和它纠缠，挨着我坐在我的脚边。

餐厅里所有的人都看着朱旺很稀奇，看我也很奇怪。三男一女坐在我后面的桌子旁。女子逗朱旺，并跟其中一个男子说："早知道我也把家里的贝贝带出来……"

我提醒女子不要逗朱旺，告诉她不熟的人逗朱旺，朱旺就会急。果然，还未说完，朱旺就冲女子大叫了两声。我忙制止朱旺，不让它再离开我的脚边。

和女子交流，知道这三男一女一行四人也是准备进藏的，和我走的是一条线。我便问他们今天晚上到哪里。女子问男士，男士说成都。我说我到汉中，我特别怕走318国道的芒康那一段路，听说好多孩子拦车，特别是单车。这四个人是从山西来的，我问能不能跟他们一段路。他们中的一位男士好像并不愿意，他阻止女子告诉我他们的行程。我立刻明白，出门在外，大家都不愿意暴露自己的行踪。于是不再说什么，一切顺其自然吧。

太阳很大，高速路上特别晒，本来中午不打算午睡了。但太热，在韩城服务区里，我和朱旺在车里小睡了一会儿。

陕西山多，秦岭那段高速路上有很多隧道，一个接一个。突然想起去年去云南的路上就是在这里走错了路，无意中穿过那条全国最长的、18.6公里的终南山隧道，结果那一错多走了近300公里。不禁庆幸，幸亏这次没有走错路。

又看到勉县的路牌，去年去云南的路上曾在那里住过一晚，以为自己不会再经过这里，看来将来还有可能再去勉县。

陕西很多服务区的加油站由"延长石油"站垄断着，我加了一次油，半箱油走了不过百公里就没了，又得加油，看来"延长加油"站并没有延长汽油的使用时间。

因为中午小睡了一会儿，所以到汉中时已过晚上9点。幸亏预订的酒店下了高速就到了。我到时，老板娘说我预订的房间给别人了，说给我打电话我没接。我说我在开车不方便接电话，并且是高速路上。我问老板娘能不能帮忙再找间房，这么晚了，我一个女人找酒店也不安全。我一直冲老板娘讨好地笑着，估计是我的笑容太灿烂了，老板娘给了我一间带电脑的房间，并且只收了我订房时的价格，80元。但给我后，似乎又有些后悔，一直在说这间房从没有低过120元。我忙安慰她，说她是个好人，好人会有好报的。

抱朱旺下楼去车里取食物时，车旁站着好些人，七八个男人和老板娘。老板娘问我干吗一直背着双肩包，很累的。我笑着说我的所有细软全在这里面。旁边的七八个男人看着我都没有说话，他们的眼神让我很不安。

一个人的眼睛能洞悉一个人的心。

我始终认为，善和恶只是一念之差。

一个人有时候会突然想行善，而有时因一点点错觉一个好人会顿生歹意。

我还认为，有时候适当的聊天也能保护自己，而有时候聊天会让自己和对方都放松，知彼并让对方适当的知己也是可以保护自己的。

我决定留下，和老板娘及那七八个男人聊聊。

我知道其中一个穿黑夹克、不是很高的男子是老板，开始他很紧张，很少说话，偶尔说一两句也不敢看我。我开了几个玩笑后，他们都放松了。我说一个女人出门其实相对比一男一女出门安全些。因为一个女人出门不会带太多值钱的东西，一辆破车，一条小狗，一个老女人……大多数人甚至会有恻隐之心，想一个女人好可怜的，放过她吧……

我说着大家都笑了。

"你放心，在我这里，你很安全。"老板说。

6月9日的晚上，住宿汉中。

第 3 天

雅安

海拔 **641** 米

5 秀美雅安

雅安，是四川降雨最多的地方，又被称作"雨城"。

雅安，亦称"川西咽喉""西藏门户"，从四川进入西藏的一条要道。

6月10日，出门的第三天，今天的目的地是雅安。

昨天开了一天的车，很累了，也很困，回房间就睡了。但夜里睡得并不安稳。因为酒店就在高速出口，不断地有车经过，很吵，还伴随着狗的叫声。

早晨 5 点就起床了。今天的行程 584 公里，我想早点到雅安。收拾好行李和朱旺出门的时候，老板娘突然叫我吃早餐，说她熬了粥。

我记得订的房里不含早餐的。老板娘说无所谓了，不就一顿早餐吗。

这是个善良的女人。所以我说一个女人出门旅行，有时很占便宜的。

并且，你得承认，这个世界上还是好人多。

我那时已吃过了早餐，我谢了她。上路前，我请老板娘祝我一路平安。她愣了好久，才红着脸说"祝你一路平安"。呵呵，有的人很害羞，而我到处找人祝我一路平安。

今天没敢听相声，也没敢听段子，怕走错了路。但真是困，连着三个晚上没有睡好。这样在高速路上开车是很危险的。

一路上，我看到服务区就停车休息，但进入四川后，服务区不多且相隔很远。为了不让自己发困，我开始胡思乱想，工作、生活、家人、爱情……这么想着还真就不困了。

朱旺连着三天没有吃狗粮，我并不着急。去年去云南的路上，它也是这样不吃狗粮，但到后来，因运动量的增加，也因习惯了自驾旅行的节奏，它每天一盆一盆地吃狗粮，导致带的狗粮不够它吃的。

但也可能这几日吃肉肠的缘故，朱旺在车上不停地放臭屁，这是不消化的表现。所以，我老骂它。一闻到有臭味我就骂它，骂它

"臭狗""放臭屁的狗""不吃狗粮的屁狗"……发现，使劲骂它也是解困的方法之一。

经过多次长途旅行，我对高速路有了一定的了解。发现在路上，高速服务区相对安全得多。因为在这里停下来的都是赶路的人。他们是会对一个独行的女人和一条狗产生强大的好奇感，但那也只是在心里，或和朋友议论一番。随后，会各自开车离开。所以，我通常在高速服务区里清理行李和车内物品。

"朱旺，球球，黑鼻头，马上要进入高海拔了。你再不能这么跑这么叫了。你会有高原反应的。"

到了雅安就准备进藏了，朱旺开车就叫、停车就叫、有人靠近车就叫。我真担心它因此而高原反应。我将副驾驶下面清出来给它，我想躺在那里看不到外面的人，它可能会叫得少一些。

◐　　美丽的青衣江。

但朱旺一次也没有睡在那里,它喜欢副驾驶的位置。进藏后,它又喜欢在后座的包上睡觉。后来,我也没精力管它了。

还是没能早点到雅安。因为困,服务区里休息的时间较前两天长了点,到雅安时,快7点了。这天的高速费很贵:521元。

后悔不该将酒店预订在闹市区,不好找,不好停车,还很杂乱,房间的条件也一般。

但雅安是个秀美的小城。紧挨着这个小城的青衣江更是清雅俊美。横跨青衣江的一座小桥将整个雅安县城分成南岸、北岸。牵着朱旺从南岸走到北岸,再从北岸走回南岸,不到30分钟,雅安县城已经逛完了。

胡乱地找了个地方吃了碗酸辣粉后,我开始担心明天的行程。

雅安酒店停车场里朱旺偷看我在干什么。

在微信朋友圈里发布消息：

　　一个人一条狗一辆车，北京自驾西藏，今天是第三天。
这三天不过是前奏、序幕、开篇，明天才是真正的进藏之
行。著名的318国道，进藏最险的路、高海拔最多的山路、
著名的72弯、通麦天险……多少人止步这里，多少车毁在
这里……318川藏之路，也是最美的进藏之路。阿弥陀佛！

　　雅安已经有海拔了，641。感觉跟北京没什么区别。

　　我真的担心明天。进藏的开始。闯高海拔。我从没去过……我
有点鼻塞、喉咙疼，不知是紧张还是感冒了。要知道高速路上很
热，我一直开着空调。

　　房间里网络不好，我也睡不着。冲了两袋感冒冲剂后来到前台，
一男两女正在斗地主。男的知道我要进藏，告诉我进藏路很烂、很难
走……他经常送货进藏。他建议我最好备份氧气。他看我很紧张的样
子，说他后天又要送货进藏，如果我能晚一天，可以和他一起进藏。

　　又碰到个好人。但我想按照自己的计划来。

　　"不行，就往回开。"男子又说。

　　好吧，给自己留点面子，不行就往回开。

　　北京出发前，有网友提醒我带个氧气袋，说318沿途都有灌氧
气的。于是我买了个超大的氧气袋。

　　睡前最后在朋友圈里问了一句：

　　谁知道318沿途哪里有灌氧气的。

6 川藏路上没有灯的隧道

这是一条没有灯光的隧道，往返两条车道，各种车辆在黑乎乎的隧道里拥挤着。只听见沉重的呼吸声和车轮碾过淤泥地面的声音。所有经过这条隧道的车辆，司机们都屏住呼吸，全神贯注，缓慢而有秩序地行驶。没有车抢道，根本就不可能有机会让你抢道。因为空间太小，路太窄，还没有灯，我想每一个经过这条隧道的司机都希望这条近四公里长的黑暗隧道能早点结束，但似乎这条路相当地漫长。

6月11日，出门的第四天。我和朱旺、"朱二黑"，我们要上著名的318国道。今天的目的地——雅江。

昨夜里住的地方是雅安小城的闹市中心，虽然夜里舞厅KTV歌舞升平，凌晨时才静下来，但毕竟这个晚上睡踏实了。

早晨5点半自己就醒了，脸湿答答的，小城很湿润。四川是个好地方。

滴答的声音，好像下雨了。从窗口望出去，青衣江两岸，烟雨蒙蒙。

今天，将淘宝上买的一件防护背心穿在身上了。这件背心有些像警用防弹衣，有很多口袋，我将随身的行驶证、驾照、零钱放在身上，最主要的是放了一瓶复方丹参滴丸和一瓶复方甘草片在身上。要说复方丹参滴丸非常有用，这一路，胸口稍一闷或疼痛就含几粒，顿时人就舒服了。当然，也可能是心理作用。

把事先网友提供的有加油站的地方反复又看了好几遍，牢记几个主要加油的地方。事后发现这也是多余的。现在整个西藏加油业务已被中国石油垄断了，沿途百十公里就有一家中国石油的加油站。加油不是问题。

我住的这家小酒店很有意思，我进进出出没有看到一个人，前台也空空的，这万一有个什么事找谁啊。

清理好行李，将钥匙挂在门上，我和朱旺出发了。

街上人不少，才想起，现在是早晨上班的时间。

去往318国道途中没有明显的标志，跟着导航仪开得很慢。前方有五六个骑自行车的，穿着雨衣，后座上的包清一色用草绿色的防雨布包裹着。我猜测这一定是准备进藏的骑行客。

那么318国道也一定不远了。

心情一下子很愉悦、轻松。沿途不断地看到骑行客，看到他们就像看到朋友一样，冲他们按喇叭打招呼，但又怕惊到他们。

要进藏了，沿着青衣江，行驶在318国道上。姐要进藏了——

路很快就烂了起来，地上有坑，加上下雨，车开得摇摇晃晃。有的坑被雨水填满，车一过去，就掉坑里了。我慢慢地小心地开，但总有些越野车，横冲直撞，不顾忌他人地超车。

出门前做攻略时，有很多网友会提到二郎山隧道。我就记下了。

过邛崃后，车辆一下子慢了下来，跟着车流，进入到一个没有灯

进藏路一开始就很艰难。路烂，大车多。还有骑自行车、摩托车进藏的。

的隧道。开始以为这就是二郎山隧道。这个隧道里全是淤泥，车一辆接着一辆，好多大货车。前面一辆大货车挡住了我的视线，根本看不清车往哪里开，人一下子很紧张，小心翼翼地跟着大货车开车、会车。

隧道里，朱旺也安静了。

这条隧道约三四公里，经常还有90度的弯，很急。真的不明白，这样的隧道为什么不修整，至少给安个灯。

终于穿过了这条隧道，车速快了起来。后来看到二郎山隧道，才知道这条没有灯的隧道不是二郎山隧道。叫什么，一直不知道。

二郎山隧道是个景点，也是318国道进藏的一个标志性地方。修得很漂亮，有个很大的停车场。很多人在这里停车休息，拍照留

◉　　二郎山隧道。

念。我和朱旺到达这里时，已是中午。

停车场里停满了汽车、自行车和人。一条深棕色大狗围着我的车转了两圈，我没敢放朱旺下来。其实沿途的狗狗都很乖，和人很亲近。只是我总是担心朱旺被大狗咬了，而将它护得紧紧的。不过，这条深棕色大狗一看就和人很熟，很配合地站着和人们合影，希望因此能换点吃的。

在这里，我吃了些东西，略作休整。

二郎山隧道海拔2170米，在这里呼吸都还正常，没什么大的感觉，但不敢走太快。318国道沿途翻山越岭，青山绿水，植被很丰厚。

过了二郎山隧道后路好走了些。所以过泸定，经康定，翻越4298米的折多山，都没有感觉什么。也可能我的注意力在开车上，而忽略了海拔。也可能我一直在爬山，忽高忽低，没来得及感觉高原反应。

爬折多山时，发现小吉排量小爬坡好累，油门都踩到底了，时速还是20公里。好不容易爬到了山顶，辽阔宽广的平原，一边是雾气蒙蒙，一边是太阳高照。山顶很美，但风很大，我下车略站了一会儿，头就有些受不了，赶紧招回奔跑的朱旺，拍了几张照片我们就离开了。

国道不比高速，没有服务区，休息的地方得自己找。我常在加油站休息上卫生间。中国石油的卫生间几乎都让游客使用，但没有水。这样也好过有些加油站故意说卫生间坏了或将门锁上。

318沿途风景不错，有些地方修了观景台。在一个观景台，又遇见在陕西韩城服务区碰到的那三男一女四个山西人。我们真是有缘分，他们也很高兴再次看到我，问我下一站去哪里。我告诉他们是雅江。

从新都桥到雅江有 74 公里，但我却开了四个多小时，在翻越海拔 4417 米的高尔寺山时，堵车了。

那是一条超级烂的路，黑色的淤泥，一层层的。路窄车多，大车小车，电动三轮车，摩托车，都在抢道，所以，很快路就堵住了。等交警来协调交通时，有个骑电三轮的男子，看我一个女人在开车，很奇怪。特别是看到我的车是北京的牌照后，更是好奇，上来跟我打招呼，问我去哪里。接着，好几个男人都过来打招呼，有的是行人，有的是司机，后来连交警也过来凑热闹。朱旺见有人靠近车，疯了似的叫，这样，围着我车的人更多了，边逗朱旺边和我聊天。我很坦荡，我很愿意和他们聊天，我相信世上好人多。我告诉他们我去雅江，有朋友在那里。有个男子问：男朋友吗？我说不是，就是朋友。这个男子告诉我他是羌族人，他长得挺帅，后来，通车了，他让我先走。

离雅江还有 30 多公里时，我迷路了，GPS 里的林志玲也不说话了，我的前方出现了两条道，一左一右。这时是晚上 7 点多，天暗了下来，远处的山丘层层叠叠成了剪影。四周静悄悄的没有一个人，难得有车辆经过也是呼啸而过。我正着急往哪边走时，一辆小面包车从后面过来停在我的车边，开车的男子问我怎么了。我有印象刚堵车时，这辆车就停在我前面。我问他雅江往哪边走，他说你跟我走。我就相信他，跟他走了。

堵车时，停在我前面的那辆面包车。通车后，在离雅江还有30多公里时我迷路了，就是跟着这辆面包车到的雅江。

后来到了雅江县城，这个男子和他的妻子一直看到我预订的酒店老板来接我，才放心地走了。

所以说，这个世上，好人有很多。

入住雅江县城最好的酒店，180元一晚。

雅江县城海拔2630米，搬了行李进入房间后，才感觉很不舒服，头痛，就想躺着。一定是高原反应了。刚爬过了海拔4417米的高尔寺山。开车时注意力全在路上和车上，没有反应，现在停下了，高原反应就来了。

躺在床上发微信报平安，发微博给网友，吃药。网友说如果你能清楚地数数，那高原反应还不强烈。我赶紧数数。还行，没有数错。

有朋友说你一个人去西藏，你疯了。太危险了，别往前走了。再说一个人多无聊啊，找个伴吧。自驾去西藏的人很多的，还有很多人愿意搭车的。

我不喜欢这种总是提供负能量的朋友。人在路上，只能往前。

有朋友要和我视频聊天，我真累了。我还要写日记，还要吃饭、喂狗、陪朱旺上厕所。我还要给手机、相机、行车记录仪充电，还要将照片转入电脑里，我还有高原反应。我不想聊天。

为了保持元气，我没有洗澡，洗了把脸。临睡前，冲了两袋感冒冲剂。

睡了。

7 显摆的一天

一个人一条狗一辆车，北京自驾西藏。今天是第五天。今天将到达世界第一高城——理塘。

理塘县因其坐落海拔 4014 米以上，故被人们称为世界第一高城。理塘县周围虽然海拔高，但地形却相对平缓，这里是一片茫茫草原构成的高山牧场，就在高城城郊，有一座金碧辉煌的藏传佛教（黄教——格鲁教派）的长青春科寺，游览该寺庙将领略到藏族历史文化的灿烂，接着翻越海拔 4685 米的海子山，观姐妹湖，经措普沟热坑温泉后，抵达"弦子之乡——巴塘县"。

早晨在微信上发帖，这是今天要经过的地方，今天是出门的第五天。

今天是愉快的一天。

今天我很显摆。抱着朱旺到处和人拍照、合影，很是得意。

昨晚到雅江时人已经很累了，但越累越睡不着。

凌晨时突然醒了，手边一团毛茸茸的，一惊。朱旺不知何时跳上了床，它从不上床的。我怕它是高原反应不舒服，忙摸摸它。它立刻就醒了，偎着我的手臂，两只爪子抱住我的手腕。一下子好感动、好欣慰。它没事。

昨天，在海拔 4417 的高尔寺山上堵车时，交警、当地人都围着我的车和我说话、逗它。它急得撕心裂肺地叫。我当时就怕它高原反应了。

我将朱旺抱在怀里，有它，很幸运。

车脏得不忍直视，从没有这样脏过。车胎上全是黑泥，而车身、车窗满是泥点，可见昨天翻越高尔寺山时的那段路有多脏、有多烂。

7 点 50 分我和朱旺出发了。今天天气真好。

有人说西藏的风景在路上，一点也没错，一路上，真的就像是在天边开车一样，总有抬手想去抓一朵云彩的欲望。

可惜的是我开车没法拍照，而又发现行车记录仪昨夜里没充上电。没有办法，只能依赖手机拍照了。不过，这次西藏之行，苹果5 的拍照效果真是好极了，比我的富士单反拍出的效果还好。

今天的心情出奇的好，从剪子弯山开始，单身独行的我就引起了路人的注意，多是和我一样自驾旅行的人。有京牌的三辆车，车上的游人说在雅安就看到过我，但没想到我一个女人这么大的胆量。有四川的车队，几个女子一定要和我、朱旺、"朱二黑"合影，并给我留下了手机号，让我有事给她们打电话。

心里顿时暖暖的，谁说我是一个人在路上？所遇到的车队和游客，大家看我一个人既吃惊又担心，每个人的表现虽不同，但共同点是都祝福我平安。

剪子弯海拔 4659 米，山顶风大，下了车一会儿就有些难受，

西藏的风景在路上。到剪子弯山了，海拔 4659 米。 ◉

头痛。待了一小会儿，赶紧上车离开了。

朱旺估计也是高原反应，它在车上想着法换着动作睡觉，小家伙看起来很难受，有一阵子，它将头伸到座位下面，而将屁股翘得高高的，有时还"哼哼"。我知道它高原反应了。但就这样，车停时，有人靠近车，它还要尽职尽责地"汪汪"狂叫。

卡子拉山碰到了好些自驾游客。有四五辆车十几个人的辽宁车队，全车人都要和我、朱旺合影，我很不好意思，我的这身打扮很怪异，并且我出门是冲着老、丑、穷备的衣。还有人要抱着朱旺和"朱二黑"合影。朱旺是不让别人抱的，他们只好和"朱二黑"合影。"朱二黑"脏得要命，早知道我将"朱二黑"洗干净些。

因为总有人要和我合影，所以我也总请别人帮我和朱旺、"朱二黑"合影，不管我的形象怎样，但至少这天我和朱旺、"朱二黑"有了几张西藏之旅的合影。

卡子拉山海拔4718米，风也大，但也可能是总有人要和我们合影的原因，竟然没感觉到高原反应。我们在卡子拉山多玩了会儿。

离开卡子拉山的时候，我的手机里多了七八个手机号，还有QQ号和微信号，辽宁车队、北京车队、四川车队、河北车队的朋友们，都一再地跟我说，有事一定给他们打电话。

在理塘加油时，一名男子突然跑过来，指着一辆河北车牌的车说，那是他们的车，他早晨看着我从雅江酒店里出来的，他们昨晚也住那里，但没想到我是一个人。这个男子跑过来只是为了提醒我慢点开，不要着急。

马上到"世界第一高城"理塘。

我很感动，好人真多。

再往后到了海拔 4685 米的海子山，依旧是陌生车友的合影和祝福。一个北京车友从青藏线进来，准备从川藏线出去。在海子山见到我一个女人，一定要将他的海拔地图送给我，并加了我的 QQ。此后，一路上，几乎每天他都会 QQ 问我到哪里了，是否平安。

2014 年 6 月 12 日，一个人一条狗一辆车，北京自驾西藏的第五天，边走边玩的一天。这一天，可能是心情好的原因，我没有感觉到头痛。

这一天也是出门以来到达目的地最早的一天，下午 4 点 10 分，

○　　我们仨风尘仆仆。

我、朱旺、"朱二黑"到达巴塘。刚进县城，就看到一家胖姐客栈，有很大的院子可以停车。我正询问房价时，头顶有人"嗨"了一声，原来是那三男一女四个山西车友。他们也刚到，他们说前面没什么好客栈了，他们都看过了。于是我就住这里了。

　　冥冥之中，就像有人护着我一样，出发前，很多网友说芒康这个地方会有小孩劫车，最好不要单车独行。一路上，我还想能不能碰个车队一起经过芒康。结果在这里碰到山西车友。

　　这就是天意。老天安排他们在这里等我，明天一起过芒康。

　　这家客栈条件一般，好多苍蝇飞来飞去，唯一的好处就是车停在楼下，清理东西方便。我将这几天的脏衣服给洗了。

　　山西车友在路边拿水龙头冲车，我也将车冲了冲，顺便跟山西

这天是出门以来到达目的地最早的一天。入住巴塘客栈。

车友说，明天想和他们同行，一起进藏。

他们痛快地答应了。

今天一路上，我从没有主动给人过手机号，都是别人给我，我最多将 QQ 号给了他人。但此刻，我却主动和这位山西王姓车友交换了手机号。真的是天意，随后第二天在左贡，这个手机号救了我。

☀ ⛅ ☂ ☁

8 朱旺开始吃狗粮了

　　2014 年 6 月 13 日，出门第六天的晚上，朱旺开始吃狗粮了，而这个晚上，我高原反应了。

　　早晨起床就感觉鼻子干干的，呼吸时喉咙里"呼咙呼咙的"，用手指轻微抠出些带血的结痂，有鼻涕在鼻子深处，也不敢使劲擤鼻子，走路也不敢太重或太快，怕惊到了心脏或者肺部。

　　昨晚休息前，山西车友说他们早晨 6 点半出发，所以我也不敢耽搁。早早地收拾好行李，洗漱时才发现卫生间里没有水。对这家客栈的印象立刻就不好了。什么胖姐休闲庄，不推荐大家来了。

朱旺很乖，一声不吭地跟着我，看着我拿行李下楼。碰到老板，忍不住问怎么没水。老板这才去打开水龙头阀门。我看了更生气。至于吗，120 元一晚，不给人水洗脸。

匆匆洗了脸，怕山西车友等久了，忙整理车上的东西，泡茶，架行车记录仪。和朱旺坐进车里时，胸隐隐的痛，估计是搬行李动作快了。呼吸有些急促，缺氧。忙小口地呼吸，轻轻捶胸，发现这样很管用。一路上只要胸口不舒服，我都会这样轻捶两下，然后小口地呼吸，绝不敢深呼吸的。胸口没那么痛时，含了十粒复方丹参滴丸。出发。

我跟着山西车友的车，先去中石油加油。他们四个人很好，开得不紧不慢，让我能很轻松地跟随。

路上车不多，离开巴塘不久便是金沙江大桥，桥的中央有一块路牌，用汉藏两种文字写着：西藏界。

金沙桥两边的石磴上被人写满了字，什么"到西藏了""进藏了——""我来了！"等等。

我没有到处留言的爱好，我请山西车友帮我和朱旺、"朱二黑"合影。"朱二黑"脏得不忍直视。

过了这座桥就是西藏自治区了，从这里开始真正地进藏了。

金沙江大桥过去后，到了进藏的第一个检查站：朱巴龙（竹巴龙）。朱巴龙至芒康县城 71 公里，限速两个小时。从现在开始，藏区的每个小城每个小镇都有检查站。在检查站要开限速条，检查身

金沙江大桥。从这座桥过去就真正进入西藏地界了。桥两边的石磴被游客涂鸦。

份证、驾驶证、行驶证。

将朱旺锁在车里，我去登记拿限速条。我递给警察一张身份证时，警察说："不行，车上每个人的身份证都要登记。"

我说："都拿来了，我一个人。"

警察好吃惊，但似乎也不奇怪。每年，各种各样的游客通过各种渠道或骑车、或开车、或徒步、或坐火车进入西藏，我想比我怪千倍的人，警察都见过。

登记完后，再回头开车进入辖区。有警察会站在警戒线处一辆车一辆车地检查，看与限速条登记的人员是否一致。

318进藏的路段几乎都是翻山过岭，爬坡下坡。朱巴龙至芒康这段路修得不错，都是柏油马路，但它的险在于坡度高，弯度大，

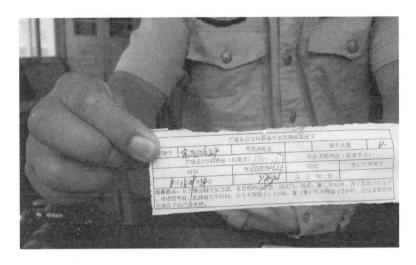

进藏的第一个检查站开的限速条。藏区的每个小城小镇都有检查站。　　●

特别是海拔 4170 米的宗巴拉山，很多 U 形弯道随着陡坡上上下下，人要注意力高度集中。还有些路段，是硬生生地从山峦中劈出的一条道，小车在山石中穿过，突然一个 U 形过去，发现一座小城，那种美妙和壮观，真的只有在路上才能感受到。

有一阵子耳鸣，什么也听不见，进入小县城时，朱旺见人就一阵狂叫，我微微地听见了，然后，渐渐地，恢复了听力。

芒康县城海拔 3780 米，我跟着山西车友的车不知不觉就过去了，也没碰到传说中劫车的孩子。后来，山西车友分析说可能这个时间孩子们都在上课。

中午时，山西车友要停下来找餐厅吃中饭，但我想赶路便先走了。

沿途不断地可以看到徒步客拦车求搭车，但很多车辆行李加人都满满的，其次搭客也是有责任的，我是不敢随随便便地搭客。

熟练的徒步客会去检查站或加油站那里等着搭车，因为这些地方，车辆都会停下来登记检查和加油。

在一个检查站前，我看到有一个单身男子像个学生，他举着一张纸，上写"求搭车"。此刻，我起了恻隐之心，询问后知道他也去左贡，便想搭一个学生也行。可就在我同意他上车的时候，后面来了一辆豪华普拉多吉普车。他立刻扔下我跑到后面去询问能否搭车，结果那辆车上已坐有四个人，加上很多的行李搭不了他。他又回头找我，我决定不搭他了。

我是有点小心眼。搭车也要缘分。我的车太小，其实不太适合搭客。

金沙江峡谷和澜沧江峡谷是三江并流中最为险峻的地段，特别是觉巴山，道路蜿蜒曲折，两旁悬崖峭壁，为川藏线上最险路段之一。很多路段呈"之"字形，坡深且陡，远远看去，像个"又"字，道路紧挨着悬崖，并且没有护栏。这一趟自驾旅行，发现西藏很多险峻的山路都没有护栏。

西藏地广人稀，除非进入县城，路上是看不到人的，只有偶尔经过的车辆。所以，和山西车友分开后，我真的成了个独行客。一个人一条狗一辆车，独自在无人的旷野中，翻越海拔 3930 米的觉巴山和海拔 5008 米的东达山。幸亏山路险峻，迫使我一刻也不敢掉以轻心。也幸亏山路险峻，我才忽略了高海拔引起的高原反应。但朱旺没我幸运，一上车它就有些高原反应，在车里不断地寻找各种坐姿，坐着、翻着、躺着……前座、后座、椅背上，有一阵子，它钻进了狭小的后备厢里，结果，卡在了那里，直到我停车将它抱

川滇藏公路

至江孜　至日喀则
羊八井　86　75
拉萨
泽当　雅　当雄　纳木措　150　影格尔木
墨竹工卡　78
加查　米拉山　那曲　比如　261
工布江达　206
藏　68
米林　八一镇　巴青　236
林芝　19　布　125　色季拉山
南迦巴瓦　通麦　丁青
波密　89
中坝　125　江　131
然乌　36　类乌齐　86
八宿　业拉山　昌都
东达拉山　94
脚巴山　邦达　业达　109
拉乌山　263　江　宗拉夷山　19　妥坝
芒康　江达　德格
德钦　103　盐井　111　111　沙
中甸　巴塘　雀儿山
得荣　222　海子山　171　204　马尼干戈(新陆海)
至大理　乡城　112
稻城　理塘　148　甘孜
77　剪刀弯子山　137　罗锅梁子山　95
日瓦　雅江　炉霍
37　高尔寺山　道孚
立丁景区　新都桥　30　33　美　82
塔公　丹巴　62
折多山　康定　49　小金
泸定　56
二郎山　163　日隆
雅安　230
180
成都

川滇藏公路地图。

D1. 北京 - 平遥，582 公里，计划 7 个小时到达。

D2. 平遥 - 汉中，789.1 公里，计划 10 个小时到达。

D3. 汉中 - 雅安，596 公里，计划 7 个小时到达。

D4. 雅安 - 新沟（海拔 1310 米）- 康定（海拔 2395 米）- 折多山（海拔 4298 米）- 新都桥（海拔 3630 米）- 高尔寺山（海拔 4412 米）- 雅江（海拔 2530 米）。住雅江，全程 337.4 公里，计划 8 个小时到达。

D5. 雅江 - 剪子弯山（海拔 4659 米）- 卡子拉山（海拔 4718 米）- 理塘（海拔 3968）- 海子山（海拔 4685 米，防打劫，快速通过）- 义墩（海拔 3280 米）- 巴塘（海拔 2425 米）。全程 308.2 公里，计划 8 个小时到达。

D6. 巴塘 - 宗巴拉山（海拔 4170 米）- 芒康（海拔 3750 米）。103.9 公里，中午前必须赶到，住下，调整。进出芒康县提防拦劫的小孩。

D7. 芒康 - 拉乌山（海拔 4338 米）- 竹卡（海拔 2630 米）- 觉巴山（海拔 3930 米）- 登巴村（海拔 3440 米）- 东达山（海拔 5008 米）- 左贡（海拔 3877 米，高原反应危险地段）- 邦达（海拔 4015 米）- 业拉山（海拔 4618 米）- 怒江（海拔 2740 米）- 八宿（海拔 3225 米）- 安久拉山（海拔 4325 米）- 然乌湖（海拔 3960 米）。全程 448.5 公里，计划 9 个小时到达。

D8. 然乌湖 - 墨脱（海拔 1200 米，越野路段），247.5 公里。计划 8 个小时到达。

D9. 墨脱 - 波密（海拔 2775 米）- 通麦（海拔 2030 米，318 最险的悬崖路段，流沙、塌方、路陷，谨慎快速通过）- 八一镇（海拔 2930 米），全程 348.8 公里，计划 8 个小时到达。

D10. 八一镇 - 工布江达（海拔 3330 米），129.8 公里。计划 2 个小时到达。

D11. 工布江达 - 松多（海拔 4170 米）- 米拉山（海拔 5013 米）- 墨竹（海拔 3830 米）- 拉萨（海拔 3650 米），全程 277.2 公里，计划 6 个小时到达。

D12.D13.D14.D15. 拉萨，羊卓雍措，大昭寺，布达拉宫，拉萨河等。

D16. 拉萨 - 日喀则（海拔 3650 米），264.6 公里。

D17. 日喀则 - 珠峰大本营（海拔 5100-6200 米，最高海拔地段，最烂的搓衣板路），339.5 公里，计划 9 个小时到达。

D18. 珠峰大本营 - 日喀则，339.5 公里。

D19. 日喀则。

D20. 日喀则 - 当雄（海拔 4200 米），331.9 公里。

D21. 当雄 - 纳木措 81.1 公里（海拔 4718 米，大风高原反应危险地段）- 那曲（海拔 4500 米，早早住下，休息，少活动）226.9 公里。

D22. 那曲 - 格尔木，827.3 公里（穿过可可西里无人区，不要离开公路，逢加油点加满油。小心野狼及野生动物，9 个小时内必须穿过）。

D23. 格尔木 - 青海湖，663.8 公里。

D24. 青海湖一天。

D25. 青海湖 - 兰州，336.3 公里。

D26. 兰州 - 榆林市，712.1 公里。

D27. 榆林市 - 北京，786.8 公里。

24 准备带上车的食物和药。

25 吉姆尼车虽小，但食物、药、行李全装进去了。

26 旅行刚开始，朱旺不肯下车，也不吃东西。

27 和朱旺在服务区休息。我开始一日三餐喝葡萄糖、吃红景天，补充体力。

28 出行的第二天，晚上9点多才赶到汉中。

29 到雅安了。雅安，亦称"川西咽喉""西藏门户"，是从四川进入西藏的一条要道。

30 横跨青衣江的一座小桥将整个雅安县城分成南岸、北岸。朱旺在此留影。

31 318 川藏路没有明显的标志。看到进藏的骑行客好激动。（行车记录仪拍）

32 一进 318 国道路就很烂。（行车记录仪拍）

33 近四公里长没有灯的黑暗隧道。大车、淤泥。（行车记录仪拍）

34 又是大弯道。二郎山隧道后曾有一段路稍好些。

35 快到折多山时路又很烂，大车还多。

36 看到骑行客夹在大车中，真替他们担心。

37 途中还有很多骑摩托车进藏的。有单人，有情侣。

38 318 沿途风景不错，有些地方修有观景台。

海拔 4298 米的折多山，风景很美，风很大，下车略站了一会儿，人就有些难受。

41 沿途藏民有偿提供休息的地方。上厕所一元钱。

39
40 41

42 四川藏民居住的房屋。

43 在这个观景区又碰到了陕西韩城高速服务区的那三男一女四个山西人。请他们帮我和朱旺拍的照片。

44 从这个时候开始，真正领略到了人们所说的："西藏的风景在路上……"

45 下车休息，朱旺总是这样在车上看我。

46 天蓝得怀疑是假的，云低得似乎用手就能抓到。

44

45 | 46

47

一路柏油马路，一路美景，真的就像在天边开车一样。

48

这种西藏文字沿途的山体上经常能看到。

49

总有想抬手去摘朵云彩的冲动。

50

卡子拉山，海拔4718米。

51

藏区县与县之间经常可以看到这样的牌楼。

52、53、54、55

因为到处是风景，所以凡是可以停车的地方，自驾来的车辆都会停下来休息拍照。

| 52 | 53 |
| 54 | 55 |

56
海子山海拔 4685 米。

57
山体上的藏文标志。

58
快到巴塘了。

了出来。开过吉姆尼的车友都知道那后备厢有多窄，还放着几个大纸箱子。我真不知道，它怎么折腾进去的。可见当时，朱旺的高原反应还很严重。

左贡是个很破旧的小县城，唯一一条路下去就是城中心了，不过 300 米长。进入左贡时，有三个四岁左右的孩子在路边拦骑行的游客，但这时我的车到了，他们便围了过来，我怕按喇叭惊了孩子，便停车准备拿几个棒棒糖给他们。可刚放下窗子，朱旺猛地从后座冲过去狂叫两声。三个孩子立刻跑远了。我只能开车走了。

进入西藏后，加油要登记车牌、驾驶证和身份证号。每一个加油站加油前都要先登记，才给加油。

左贡 93# 油好贵，9.44 元一升。

西藏比大家想象的安全。左贡很安全，时不时可以看到排列整

左贡 93 号汽油 9.44 元一升。

齐的特警牵着警犬、全副武装地在巡街。

我预订的宾馆停车场很大，服务员也不错，主动帮我将行李拿到了房间，并一再叮嘱我，不要洗澡。

哪里还能洗澡，下了车后我就明显感觉头重，呼吸急促。本想出去吃饭的，但进了房间后，就不想再站起来。于是就躺着，发微信、微博报平安。

朱旺竟然主动去吃狗粮，虽然也猜到它该吃狗粮了，但我还是很欣喜。这个小东西，下车后，它的高原反应似乎没有那么强烈了，而取代的是狗的责任感，不许任何人靠近我们。

但我的高原反应却越来越严重了。

9 左贡高原反应的那一夜

左贡海拔 3877 米。其实这些天我经历过比这海拔高的地方，但都没有像在左贡这里的高原反应强烈。后来分析，可能是因为左贡县城四周除了山就是岩石，光秃秃的，几乎没有植被。

2014 年 6 月 13 日 16 点 10 分，我入住西藏左贡县城。下车时感觉到胸闷，腿有些重，走路费劲。但以为和前几天一样，只是累了。

收到山西车友的短信，问我到哪里了，怎么样。说他们在左贡住下了。

我回复，我也在左贡住下了，很好。我告诉他们我住的酒店名。他们说离他们不远，并告诉我，和他们一起的女子今天高反了，有些严重，让我自己注意些。

那时，太阳高照，晒得人暖暖的，除了不敢人口呼吸外，我并没有觉得不舒服。帮我搬行李上楼的服务员告诉我晚上一定不要洗澡，很容易高原反应。她说不久前，有个女游客，在左贡的一家酒店睡着睡着就再也没有醒来。

"真的？"我特别吃惊，我想我一个人，千万不能高原反应了。

进入房间后没多久，我就感觉有些想咳嗽，也不敢使劲。只是轻轻地咳咳。胸口痛，就轻轻地捶捶，又抠了抠鼻子，不少带血的

● 西藏比大家想象的安全。在左贡时不时可以看到排列整齐的特警牵着警犬全副武装地巡街。

结痂。西藏海拔高，也干燥。

感冒冲剂和饼干的袋子鼓鼓的，要胀破的样子。

烧开水时，觉得有些累就躺下了。

这一躺下不要紧，只要站起来头就痛，发涨。于是，我就躺一会儿起床干一件事，再躺一会儿再起床干一件事。比如：给朱旺倒上狗粮后就躺回床上。过了一会儿，起床冲感冒冲剂后又躺下。再起床，喝感冒冲剂再冲袋葡萄糖后又躺回床上。不一会儿，又起床含了颗话梅糖在嘴里。要说，话梅糖对于旅行特别管用，既补充能量，又开胃，还提神。躺了一会儿好多了。正打算出去吃饭时，保安敲门让我挪一下车。

就这趟下楼挪车，立刻感觉心跳加速，胸闷，头痛，耳鸣。上楼时，有片刻都想靠着墙躺下。于是，快速回到房间，看到镜子里自己嘴唇发乌、脸色发黑。赶紧躺下，摸自己的脉搏。这时，就有些害怕了。这一定是高原反应了，一个人在这里高原反应了怎么办？

决定不出去吃饭了，泡了碗面后又躺回床上。朱旺突然自己吃起狗粮来，看来这几天它饿坏了。我很是欣慰，它这应该不是高原反应吧。

吃了泡面，吃了些水果，躺床上看微博，发微信。晚上8点多钟的时候，感觉有些发热，鼻子有些堵，脉搏跳得很不均匀。很担心自己，时不时把QQ号码背一遍，银行密码背一遍。一个网友说，如果记忆混乱就需要打120求救了。

问题是，记忆混乱时，还能拨清楚120的号码吗？

突然就想起那个服务员说的，不久前在左贡酒店里睡着睡着就没有再醒来的女游客。想自己一个人要是在左贡有什么事，真是天不知地不知。于是开始在网上发微博微信说明自己的情况。

额头越来越热，鼻子呼出的都是热气。特别怕自己高烧、感冒。可是这次旅行，带了很多药，唯独没有带温度计。打电话到前台，问有没有温度计借给我用。前台的服务员说没有温度计，但离酒店百米远有家医院，如果我感觉特别不舒服可以去医院，她可以让保安陪我去。

去医院？觉得还不至于吧。我决定再等等。这个时候应该是晚上9点多。

车里有退烧药。我强迫自己起床，下楼去车里把药箱抱了上来。这期间，我真的忽略了朱旺，事后感觉它一直在跟着我进进出出，一声不吭，也没有要我抱。朱旺似乎知道我有些麻烦，很大的麻烦。

抱了药箱回到房间后，感觉这趟下楼加重了高原反应，似乎又严重了。来不及细细找药，将药箱里的药倒了满满一地。阿莫西宁吃几片，百服宁吃两片，白加黑吃两片……倒在床上数数。不相信自己就这么倒霉。

拿湿毛巾搭在额头，希望能赶紧退烧。

有网友看到我的帖子后劝我去医院，不要拿生命开玩笑。也有朋友在微信里出主意，让我把湿毛巾放鼻子处。一时间，跟帖都看不过来，但最多的是要我去医院，让医生看一看会放心些。

这个时候是晚上10点半。

快11点的时候，我想不能这样下去，不能抱着侥幸心理，一个人在这里，不安地躺着，万一有什么事怎么办？再打电话到前

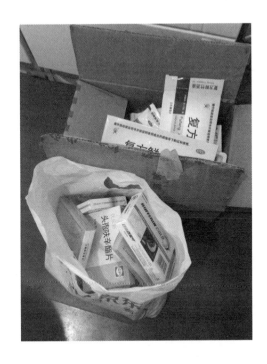

夜里高反了，我从车 〇
里抱了药箱回房间。

台，想问医院的具体地方，却没有人接电话了。

越来越害怕，也越来越着急。越着急，越觉得自己更严重
了，感觉呼吸都困难了。怎么办？一个人躺在房间里，呼天天不
应，呼地地不灵。我那时眼里根本就没有朱旺，我不知道它在干
什么。

抱着没有希望的可能性，我将电话打给了山西王姓车友（我至
今只知道他姓王）。我想现在只有这几个山西车友离我最近，而我
也只有王姓车友的电话。打电话前，我想如果他关机了，我就等死
好了。但可巧的是，电话响一声他就接了。我非常抱歉地说这么晚
打扰他。我告诉他我有些发烧，想去医院，但不确定医院在哪里，
不知道他能不能陪我去。

王姓车友说他马上来，要我告诉他房间号，他知道医院在哪里，晚上他们刚去过。

也就七八分钟的样子，我刚穿好衣服，王姓车友就到了。与他同来的还有酒店里的一个保安。

锁门时才想起朱旺，我回头看它。它一声不吭地蹲在房中央看着我，陌生人来它竟然没有叫。它什么都明白。

我什么也没有说，锁上门走了。

医院不远，五六分钟就到了。可能是有人陪着我的原因，走在街上，我没有那么难受了。保安送我们到医院后，就走了。

医院其实就是一个小药店，一个坐诊医生。一听说我的情况，医生眉毛都没跳一下，就塞给我一个温度计，然后去忙别的病人。

38度，低烧。医生说打一针再开点药就可以了。

我问他严重吗？我能往下旅行吗？

他说打完针，吃了药就可以了。

我稍微放心了些。

这时一下子进来五个黑壮高大的男藏民，小小的药店一下子挤满了。

山西王姓车友示意我不要把钱包拿出来，等藏民走了再说。但藏民却坐下了，他们也不像要看病的样子，坐成一排看着我们俩。

医生这时要给我打针了，他告诉我得脱裤子，是打屁股针。我立刻就有些不好意思，我冲着藏民们笑着说能否请他们出去一下，我指指屁股，意思是我要打针了。藏民也冲我笑着，不说话只是看着我。我于是又指指门外，让他们出去站会儿。有三个藏民出去看了一眼又进来了。好吧，我忍了。我对医生说，你动作轻点，我怕痛，但要快。我脱裤子的时候，我看到山西王姓车友张开双臂背对着我站在我和藏民之间……

打完针，拿着医生开的药，又买了温度计和氧气罐。我们离开医院时，那五个藏民中的一个突然说，你会没事的，你很好。

一下子很感动。藏民其实都很善良。

送我回酒店的路上，我一再地感谢山西王姓车友，也很抱歉打扰他休息了。要知道旅行是很累的，都需要一个很好的睡眠，何况在这样高海拔的地方。他说，电话一响他就知道我一定是高原反应了，今天晚上他们中的另外三个人都或多或少有些高原反应，就他好些。

回到房间，朱旺看我回来，高兴得满地打滚。

抱起它，心里踏实多了。

第 **7** 天

业拉山

海拔 4618 米

10 可以砍价的老板是好老板

2014 年 6 月 14 日，周六，出门的第七天。左贡—然乌湖。行程 224 公里。

昨晚，在医院里打完针后，山西王姓车友送我回酒店的路上，告诉我他们今天一大早会离开左贡去波密。如果我身体状况允许的话，最好和他们一起走，这样路上有个照应。但我当时想，今天在左贡休整一天，明天再开车出发。

早晨，7 点多钟就接到山西王姓车友的电话，问我怎么样，能不能和他们一起出发。我谢谢他，说自己好多了，但还是想在左贡休整一天。

窗外天气真好，我也好多了，躺在床上看着满满一地的药，才知道昨晚自己有多慌乱。量了下体温，36.6度，正常。起床吃医生给我开的药。当时我问他是什么药，他只是说吃了就没有事了。我感觉就是维C银翘类的感冒药。

带朱旺下楼上厕所，碰到几个武汉人，一人嘴里含着一个氧气罐。我问他们去哪里。他们说八宿或然乌湖。这个时候我还没有想走的念头。但随后，在停车场里，朱旺撒欢地跑，而我看着一辆辆的车离去，有些待不住了。

我拿了两包烟给昨晚陪我去医院的保安。保安听说我要在左贡待一天休整，便说，要休整也不在这里休整，去个海拔低的地方嘛。

我就决定走了。

我问武汉车友能不能和他们一起同行，我说我也是武汉人，昨晚有些高原反应，今天一个人走有些担心。我说我不会拖累他们，只是一起走一段，随后，他们走他们的，我走我的。

武汉车友有两辆车五个人。他很痛快，说："行，那你快点，我们9点出发。"

我立刻带朱旺上楼，清行李。但当我下楼时，武汉车友已经开车离开了。他让保安转给我一个手机号，说有什么事情可以给他打电话。

坐在车里，看着自己没有血色的脸。我很理解，谁也不想找个累赘，特别是在路上。但我已决定出发，不再拖延。

我今天的目的地是然乌湖，从左贡到然乌湖的公路很好，但从邦达至八宿那一段99道回头弯非常惊险，让人流连感叹。

这次西藏自驾我真的是"独行客"，经常整个公路上，就我一辆车在行驶。不过，只要你不怕孤独，西藏是很安全的。

阳光明媚，在左贡拿了限速条准备去邦达。110公里。一路上一望无际的平原，黄黄的山体上，覆盖着一层薄薄的绿色。天那样的蓝，白云朵朵，离我那样的近，很多次都想伸手去抓。

我还是很疲惫，毕竟昨晚折腾加惊吓，并且人还没有完全恢复，头有些晕。我突然想起，那个医生给我开的药可能就是感冒药，里面一定有扑尔敏，容易睡觉。于是我开得很慢，CD音量开得大大的音乐，大声和朱旺说话。

● 左贡到然乌湖的路上，途经业拉山，海拔4658米。

后来海拔越来越低，我的精神也越来越好，精神好，心情也好。沿途依旧穿山越岭，但景色很美。

我明白离开左贡是对的。

川藏 99 道弯也叫怒江 72 拐，是川藏线上著名的险路，也是川藏南北线的交会点——邦达向西通往拉萨的必经之地。这条路上有海拔 4658 米的业拉山和横断山脉最大的一道天险——怒江山，川藏公路在这里呈"之"字形盘旋，形成著名的 72 道拐。这条路是川藏线上拐弯最多的路段。

这段路因开车，拍的照片并不多，但幸运的是行车记录仪记下了一切。

进入八宿县城时，有几个孩子拦车，但也只是站在路边，并没有靠近我的车，看上去都很乖。

过八宿后，天气热了起来，但沿途的美景不断地映入眼帘，以至于后来，感觉美景就是常态。

可能因为中午又吃了药的原因，又有些昏沉沉的，于是找了个空地，开了点小窗，睡了半个小时。朱旺一直在车上看着我，也没叫。

人在路上，胆子会越来越大。

而我有朱旺更不怕，只要有一点点动静它都会大叫，蚂蚁都会被它叫醒。

越来越觉得我、朱旺、"朱二黑"是神组合。

再上路，精神好了许多，我又开始听段子，听郭德纲黑于谦。

晚上 6 点多，抵达藏南最大最美的高原冰川湖——然乌湖。

◉　抵达藏南最大最美的高原冰川湖——然乌湖。果然美得惊艳。

然乌湖真是美得惊艳。

事先预订的是靠湖观景房，订房价 240 元。看房的时候，一个网友悄悄地告诉我 180 元可以谈下来。于是找老板，果然，几句话后，老板哈哈大笑地说："我最怕和女人讲价，180 元给你了……"

能够讲价的老板是好老板。

我决定在然乌湖休整。

 59　出发前整理行李，五件。

60 去芒康的路有一段很烂，后来都是柏油马路。（行车记录仪拍）

61 路上的风景都很美，但道路很危险，很多大坡小坡及180度急转弯。（行车记录仪拍）

62 宗拉山海拔4150米。（行车记录仪拍）

63 路上常可以看到请求搭车的年轻人。（行车记录仪拍）

64 有些路段，是硬生生地从山峦中劈出的一条道。（行车记录仪拍）

65 拉乌山的美景。

66 拉乌山山顶海拔 4376 米。佩服那些骑行客。

67 去往东达山的路修得很好。（行车记录仪拍）

68 东达山海拔 5008 米。

69 只要有人靠近车子，朱旺就龇小獠牙这么狂叫。有时就在我耳边，还好我都习惯了。

70 从巴塘至左贡的途中，你想象
不到，这种 S 形的山路过去
是 180 度的大弯道。

71、72 　去邦达的路上，一望无际的平原。

73

这么蓝的天，有时怀疑不是真的。

74、75、76

这次西藏自驾我真的是"独行客"，经常整个公路上，就我一辆车在行驶。不过，只要你不怕孤独，西藏非常安全。

73		
74	75	76

77

公路旁，也能不时地闪现如
此质朴和奔放的油菜花。

78

怒江旁歇会儿，看看水。

79 风高云低。   *80* 远处的雪山清晰可见。

81 骑摩托车旅行的朋友可以租住藏民的帐篷。 *82* 安久拉山，海拔 4475 米。

83 84 85

83　然乌湖客栈休息的"朱二黑"。

84　藏南最大最美的高原冰川湖——然乌湖。

85　小桥过去是湖上观景房。

86 在然乌湖墙上的涂鸦：朱燕、"朱二黑"、朱旺，一个人一辆车一条狗，北京自驾西藏，今天第八天。2014年6月15日。

☀ ⛅ 🌧 ☁

11 静美温婉然乌湖

然乌湖海拔 3960 米，藏于两座大山之中。有一个传说：很久以前，这里住着三头巨大的牛，其中两头牛常常互不相让，争执角斗。有一天角斗时，因双方势均力敌，力竭而死。它们的尸体化作两座大山，中间便是然乌湖。所以，在藏语里，"然乌"的意思是：堆在一起的尸体。

其实然乌湖真正的形成却是由于喜马拉雅山、念青唐古拉山和横断山脉这三条巨大山脉挤压而断裂下陷的结果，水往低处流，上游大冰川的融水就沿此流下来形成了然乌湖。

然乌湖山清水秀，植物繁茂，这里比左贡高 100 多米，但我却没有左贡那么强烈的高原反应。

一个人一条狗一辆车，北京自驾西藏，今天是出门的第八天。

这是个晴朗温暖的早晨。我在睡了个美美的懒觉后，8 点多被门外的说话声吵醒。

起床拉开窗帘，从窗口远眺然乌湖，阳光在湖面泛着金色的光芒。远处重峦叠嶂的高山，碧波浩渺的湖水，柔软飘逸的白云，郁郁葱葱的森林，整个然乌湖像一颗巨大的翡翠，美得令人窒息。

我拿起相机尽情地拍着。

打开房门，门前搭有两顶帐篷，大概是昨夜里我睡下后搭上的。帐篷拉链半开着，露出一个女子睡眼蒙胧的脸。帐篷外停有七八辆自行车，院子里也停满了汽车。

● 然乌湖的景色。

我陪朱旺在院子里散步，十几个游客边拍照边在商量去附近的米堆冰川，他们中有徒步客、有骑行客还有自驾来的游客。大家看到我和朱旺很惊奇，知道我是一个人带着一条狗自驾来的后更加觉得我有趣。他们开始逗朱旺，但朱旺不经逗，边冲他们"汪汪"大声叫着，边看我是否在保护它。

"嗨，你跟我们去米堆冰川吗？"突然有人问我，"就在附近，离这里 30 多公里。早晨最美。"

我喜欢这种氛围，同是天涯旅行客，相邀同行见面熟。

我的下一站旅行是墨脱，途中会经过米堆冰川，我计划离开然乌湖时再去看。而今天，我只想在这里休息、晒太阳，在然乌镇里转转。

我吃了早饭再回到院子时，院子里已空落落的，只有帐篷里的

我房门边 ● 的墙上有很多游客的涂鸦，我也涂写了，看得清吗？

女子裹着被子坐在摇椅上呆看着远山的美景。

"怎么你没去？"我问她。

"就想坐着看看湖水。"她幽幽地说。

这个境界倒是和我很相似。

此刻，我就想带着朱旺开车看看这座小镇，看看然乌湖。

然乌湖气温还是比其他地方低五六度，我穿上了鹅绒服，也给朱旺穿上了羽绒服。我们驾着"朱二黑"，打开行车记录仪，我、朱旺、"朱二黑"出了院子。

然乌镇，百十户人家，静得不得了。

我将车窗打开，让空气流通，顺着湖面向然乌镇缓慢地行驶。远处山岭上覆盖着一层薄薄的绿色，风很轻，水很柔，森林和雪山将身影映入湖中。然乌镇很小，不到五分钟就走完了。将车停在路边，欣赏着这座美丽和谐的小镇。木头搭建的房屋，街上结伴散步的牛羊，木架子下晒太阳的牦牛，大片大片种植的青稞……难以想象，在这样高海拔的一个地方，有然乌湖这样静美的一座湖泊，有然乌镇这样温婉的一个小村落。

离开然乌镇，我沿着湖边向上游驶去，然乌湖窄小而细长，每一段湖面都呈现出不同的蓝色。

10点多我回到了客栈，趁着太阳高照洗了澡，又去洗衣服。

在洗衣房，碰到几个搭车的游客，相互介绍求搭车的经验。有个30多岁的女子介绍说她只搭那种豪华大吉普车。我特别不理解她这个年龄怎么会搭车，我认为这个年龄应该有些经济基础，我一直以为搭车是经济拮据的学生们才会去做的。我找她攀谈，我特别想知道她是怎么求人家让她搭车的。她不太愿意说。但当她知道我是一个人自驾来西藏时，她要看看我的车。我以为她是想让我搭她，便指了指我的小吉普车，结果她看了一眼"朱二黑"，很不屑地走了。难道我的车不够豪华，她看不上？旁边一对骑车来的小情侣笑着对我说："她不是看不上你的车，她是看不上你。"

"看不上我？"我不明白。

"你知道吗？搭车旅行，女的比男的容易得多，越年轻越容易。很多人旅行完，不仅没花钱，还挣了钱。"男的说。

我问为什么。女的将男的拉走了。

我想了想，似乎也有些明白了。

吃了中饭，和朱旺睡了一小会儿。3 点多钟起床，洗的衣服都干了。收了衣服抱着朱旺在门口的摇椅上休息，有一男一女正在收帐篷。女的告诉我晚上有大风，还有雨。他们准备搭车去波密。

天很快暗了下来。气温也降了下来。胸口又感觉有些闷，吃了点药。还有点小感冒，怕是高原反应的作用，而今天又洗了澡，好担心害怕又发生左贡那晚的高原反应，含了十粒复方丹参滴丸。我决定明天离开然乌湖去墨脱。

我房门边的墙上有很多游客的涂鸦，我也在上面涂鸦：

朱燕、"朱二黑"、朱旺，一个人、一辆车、一条狗，北京自驾西藏第八天。2014 年 6 月 15 日。

带着朱旺在附近的一家小餐厅里强迫自己吃了两小盘青菜，但在回客栈的路上，却喘不过气来，知道这是缺氧。路上有游人逗朱旺，我忙摆手，我已没体力说话，只是轻捶胸口，不敢大口吸气，他们立刻明白了，告诉我赶紧吸氧气。我谢谢他们，含了些随身带的复方丹参滴丸，好了些，我牵着朱旺一小步一小步地挪回客栈。

回到客栈，喝了袋葡萄糖冲剂，吃了感冒药。没有立刻吸氧，我怕依赖它。又吃了一个水果罐头，人好多了。

这家客栈什么都好，就是上网得到大厅里，只有那里才有WiFi。大厅里有很多游客，聚在一起聊天。

朱旺见人多就紧张，有人靠近我，它还是会"汪汪"大叫。我怕它吓着人，就把它抱在怀里。

如果不是高原反应，我还是很喜欢在大厅里和大家聊天上网的，听他们说旅行中的趣事。一个女游客不停地说藏民不好。我问她怎么不好了。她说态度不好。我又追问怎么态度不好了。她就不愿意理我了。我说你到人家的地盘还说人家不好。人家凭什么对你好。我觉得藏民都很好。

天快黑时，刮起了风。温度越来越低，我感觉到冷，便带朱旺回房。路上碰到老板，他提醒我说今晚会很冷，让我将电热毯开着。

房门口，两个男生在搭帐篷，他们看上去顶多20岁，刚骑车到这里，冻得直哆嗦。他们好像知道我是一个人住一个标间，便问我有没有多的被子借给他们。我将另一张床上的两床被子都给了他们，告诉他们不要让老板知道了，明早还给我。

躺在床上时，外面的风更大了，似乎要把屋顶掀起来。好冷，开着电热毯都不觉得暖和。

蒙眬中，感觉朱旺跳上了床，试探着在我脚边躺下。见我没反应，它悄悄地向床头挪了挪。

今夜很冷。我缩在被子里。

☀ ⛅ 🌧 ☁

12 逍遥闯墨脱

　　一夜狂风呼啸，屋顶被吹得"噼噼啪啪"的，吵得我无法入睡。后来风小了些，但却下起了雨。早晨的时候，我被冻醒了，原来是停电了，电热毯也无用了。5点多我干脆起床了，这样睡下来很容易感冒的。

　　起床吃各种药，喝葡萄糖，收拾东西。将包整理好放上车。整个然乌湖乌压压的，还在下雨。

　　出发前，老板祝我一路平安，让我开车慢点。

这是个很不错的老板。我知道在院子里搭帐篷的游客是不需要付费的，并且可以免费地用水和卫生间。所以，每天都会有人在这里搭帐篷。

和朱旺、"朱二黑"离开客栈，细雨中的然乌湖又是另一番景色，雾气迷漫而不失庄重。

又是检查站，警察看我一个人带一条狗就直接放行了。

在米堆冰川的路牌前，我犹豫了片刻后还是离开了。因为要往里开十多公里，而此刻路上就我一辆车，我不想偏离318国道。我知道旅行中会有很多遗憾，但我想此刻下着雨，天黑蒙蒙的，一个人一条狗一辆车往山坳里去寻找米堆冰川。潜意识里，我觉得不安全。于是我离开了。

◎　　雨后然乌湖的早晨。门口的"朱二黑"和骑行客搭的帐篷。

从然乌湖到波密的路很好走。雨停后，天放晴了。

终于看到了两辆自驾车，还是北京的车牌。他们也去墨脱，见我一个人好吃惊。此趟旅行，我都习惯了别人吃惊的眼神，不管是敬佩或当我是疯子我都无所谓了。

我已经不再想和谁同行了，我不想成为别人的累赘。我和北京游客相约墨脱见。

波密是个很成熟的县城，街道、检查站、派出所、餐厅、加油站都修得不错，还有小小的超市。在波密中石油加油的人很多。因为要实名登记，所以好慢。

我加了油就奔向了去墨脱的路。

墨脱，在藏传佛教里称"博隅白玛岗"，意为"隐藏着的莲花"。2013年10月31日，墨脱公路正式通车，是中国最后一个通公路的县。

进入墨脱的路上雪山很美，四周空旷偏僻、冷落荒凉。雪山重重叠叠，"朱二黑"在群山面前渺小得如一块碎石。但在这里，我却没有一点儿惧意，反而被四周围住我们的雪山迷住了。

真的很美，很壮观，我在这里停留了近五分钟，和朱旺仔细地浏览这包围住我们的雪山。

它们像一个张开双臂的胸怀，放眼望去，一层层高耸起伏的山脉，坚定而壮丽的山石呈黑色，山顶覆盖的是绵延不断的积雪……我敬仰那第一个走这条路的先锋，是何等的智慧，想到在这里开一条路，从山底里开一条隧道过去连接墨脱。

那条隧道叫嘎隆拉隧道。

○　进墨脱时被雪山环绕。雪山重重叠叠，"朱二黑"在群山面前渺小得如一块碎石。

　　是的，那张开双臂的胸怀，那群山中间，是一条直直地通往嘎隆拉隧道的路。开车往前，隧道口就是嘴巴，进去后仿佛穿越了时光隧道，出来时，没过多久，一个幽静、茂密、绿树成荫、树木旺盛的亚热带森林呈现在眼前。

　　这里就是墨脱原始森林了。

　　进入墨脱原始森林后，天气一下子热了起来。

　　我脱去了鹅绒服，换上了 T 恤卫衣，也将朱旺的羽绒服脱了。

　　朱旺很开心，看来它喜欢这种热带雨林，它跳上跳下，奔跑嬉戏，它已经完全适应了这次旅行，适应了这辆车。我没有再将朱旺固定在副驾驶上，我让它自由行动，它很懂事，在车里前后跳动，但唯独不会骚扰我开车。我把相机放在副驾驶座上。这样，随时停车放下窗子就能拍照。

有人说墨脱是高原上的氧吧，一点也没错。穿过嘎隆拉隧道后，海拔慢慢降了下来。但是这段通往墨脱县城的近百公里路，手机不再有信号，人仿佛进入到一个世外桃源。

2014年6月16日，出门的第九天。中午，我、朱旺、"朱二黑"进入墨脱原始森林，开始了我们拜访"莲花"之地的旅途。

这趟墨脱自驾之旅，虽然极其危险，但我却认为很逍遥。因为风景优美，因为气候湿润，因为车不多、几乎看不到行人，也因为是在原始森林里驾车。这一生我不知还有没有这样的机会。

这一次逍遥的自驾之旅。从墨脱原始森林到墨脱县城的途中，我仿佛在经历一场越野车的竞技。道路坑坑洼洼、起起伏伏，有时路段窄小得勉强能过一辆车，有时整条路埋在水里，不确定车开进水里会怎样。我时而翻山越岭，穿桥过水沟；时而钻洞爬坡，越坑攀岩石……在这条通往墨脱县城原始森林里的山路上，吉姆尼作为小型吉普车充分展现了它所有的优越性：灵活、迅敏、越野性强……

在这里，朱旺的高原反应好了许多。我也似乎没有再感觉到高原反应了。

朱旺一直趴在后座的行李包上，偶尔有车经过时，它会警惕地站起，有时会大叫着吓唬别人。我已习惯了朱旺的叫声，有时它不叫我还会奇怪，想它是不是生病了，是不是高原反应了。听到它的叫声，我就心安了，知道它一切正常。但多数时候，它都是一声不吭地趴在后座的行李包上，因为在那里它的视野宽阔，可以看到前方的一切。很多时候，我感觉它就趴在我的后脑处。

途中，依然碰到有骑行客。骑车进入墨脱的游客是很艰苦的，他们很小心地穿越水沟，有的地方水太深，他们得扛着自行车和行李过去。其实后来发现，墨脱原始森林是一个适合露营的地方，湿润、舒适，气候宜人，很多次，我以为自己是在西双版纳……很难想象，西藏还有这样一座热带雨林。

进入墨脱收费 160 元。感觉不值。

墨脱县城好热，穿着短袖 T 恤都感觉在流汗。中国移动在这里有信号，联通没有。整个县城不大，横竖交叉两条街。物价达到了旅游区的水平，但服务却没有跟上来。我和朱旺想找家餐厅炒个青菜，老板却要我先交 40 元钱，说是去菜场里买菜。酒店多是私营的，很多都没有 WiFi。一个很普通的小标间，砍价到 160 元，还是觉得不值，但也只能住下。不过，这里安全没问题，一前一后两条街，警务服务站就看到三个。但警察对当地人很严格，对游客态度好得多。

我还是吃了自己带的快餐面。

开了一天的车，累极了。洗了澡，往电脑里倒图片和视频时人就睡着了。

☼ ⛅ 🌧 ☁

13 过"通麦坟场"住鲁朗

2014 年 6 月 17 日，我、朱旺、"朱二黑"北京自驾西藏的第十天。

出门十天了。真是不知不觉。

6 月墨脱的早晨气候宜人。很舒服、凉爽，像南方的夏天一样。

墨脱其实特别适合徒步旅行。如果有时间条件又允许，完全可以沿着雅鲁藏布江来一次徒步走墨脱。这里有很多天然未开发的美景，绝对让人窒息，不枉此行。

根据出门前制订的路书，今天的行程是墨脱至八一镇。

今天要经过"通麦天险"。

自驾过西藏的人，没有人不对"通麦天险"望而生畏的。

通麦天险是世界第二大泥石流群，也称"通麦坟场"，在波密和八一镇之间，全长14公里，位于雅鲁藏布江的悬崖之上，靠近雅鲁藏布江大拐弯处，悬崖下面是深不可测的江水。这段路土质较为疏松，且附近遍布雪山河流，一旦遇到风雨或冰雪融化，极易发生泥石流和塌方，是西藏最险峻最容易出现交通事故的一段。故通麦、排龙一线有"死亡路段"之称。

和山西车友短信，知道他们两天前刚通过的"通麦天险"。王姓车友说这段路很惊险，提醒我一定要小心。下雨千万别走。

从墨脱到八一镇必须原路返回波密。

◎　　离开墨脱县，穿越"墨脱原始森林"到波密。（行车记录仪拍）

很幸运，6月17日的早晨是个大晴天。7点多从墨脱出发后很快进入到墨脱原始森林中。森林里雾气很重，在阳光的直射下，整个森林真像一朵盛开的莲花。

出了墨脱县城不断地是下坡，整个道路弥漫着雾气，泥地上湿乎乎的，稍不留意车轮就会打滑。这条山路窄而坡陡，又是双向车道，一边是山体，一边是悬崖。我开得特别小心。其间，远山美景不断，特别是在陡坡的顶端，突然一个拐弯，道路下沉。迎面阳光下绿色的森林、欲滴的露珠、雾气弥漫的远山。这个时候，如果你只顾美景很容易跌落山崖一命呜呼。所以，再美的景色我也顾不上，我也不敢像其他自驾车那样刹住车占领一个坡顶就开始拍照，完全不顾自己的安危，也不管不顾后车的安危。我通常是礼让其他车辆，谁超车我都将车停在一边，让人家先过去。而如果其他车辆为了拍照挡住了去路，我就乖乖地在后面等着，丝毫不敢大意。

但朱旺往往不干，在其他车辆为了拍照而挡住我们的去路时，它会很不甘地大叫抱不平。

回波密的车不少。这一路上，我又测试了"朱二黑"的越野性能，很好。

西藏真是个旅游天堂，一路风景美到惊艳。如果说雅安至雅江的途中车是在天上行驶。那离开墨脱的途中，车就是在仙境中漫行。我和朱旺边走边玩，花了五个多小时才开出墨脱。回到北京后，和朋友去公园玩，都不觉那是风景。

再到检查站，我抱着朱旺去登记。人家问几个人，我都说两个，人家说拿身份证来，我就将我的身份证和朱旺的狗证递给警察。我是故意的，警察一看也乐了，说："噢，你们俩了。"

真是缘分，又碰到来墨脱路上碰到的北京的那两辆车。但我看上去一定很狼狈，因为他们只顾和朱旺、"朱二黑"合影，没有人要和我合影。我很郁闷，也不想想，没有我，朱旺和"朱二黑"能到墨脱吗？饮水思源，我不就是近日开车劳累而疏于打扮吗？我那是为了安全。

从墨脱开始，朱旺学会配合我拍照了。只要停下来休息，它就跳下车玩一会儿。如果我说拍照，它就站着不动，偏着脑袋微笑地看着我。要上车了，我打开车门，说上车，它便飞奔过来跳上汽车。

下午1点多到了波密，和朱旺去餐厅吃饭，服务员问几位，我说"两位"。但当服务员明白是我和一条狗时，也都乐了。

在波密的这家餐厅里，点了一荤一素两个菜。朱旺吃了不少牛肉。

吃完午饭，加了油，我、朱旺、"朱二黑"奔通麦而去。

您已驶入 14 公里临江悬崖险道，请减速慢行，注意安全。

过了通麦大桥后，就看到了这个路牌，我立刻提高了警惕。这是一段土路，双向车道，窄、坡陡弯急且常有落石。幸亏我是往拉萨方向，走的是内车道，但就这样，我也是提心吊胆的。我几乎是贴在山体行驶，有几段靠江的半边路面已经塌掉了，一边是悬崖峭壁，一边是滔滔的雅鲁藏布江，路非常窄，还是烂泥路，人在车上可以清楚地看到下面雅鲁藏布江湍急汹涌的江水，人一旦掉下去基

心有多远，走多远。
朱旺和"朱二黑"在可可西里无人区。

天鹰 / 图文

27 去西藏
开车带狗

87

早晨，我房间门口的景色。

88	90
89	91

88、89 然乌镇。百十户人家，我不到五分钟就走完了，在路边欣赏小镇：木头搭建的房屋，结伴散步的牛羊，木架子下晒太阳的牦牛，大片种植的青稞……

90 然乌湖远处重峦叠嶂的高山。

91 然乌湖山清水秀，植物繁茂，这里比左贡海拔高100多米，但我却没有左贡那么强烈的高原反应。

92
静美然乌湖。

93
我拍然乌镇时，朱旺在车里看着我。

94、95
和我的宝贝朱旺逛然乌湖客栈。

96

清冷的早晨，离开寒气逼人、雾气迷漫的然乌湖。

97

墨脱，在藏传佛教里称"博隅白玛岗"，意为"隐藏的莲花"。2013年10月31日，墨脱公路正式通车，是中国最后一个通公路的县。

98

进墨脱时被雪山环绕。四周空旷偏僻、冷落荒凉。在这里，感觉自己异常渺小。

99

穿过这条"嘎隆拉隧道"就是墨脱地界。

100

穿过"嘎隆拉隧道"后还可以看到雪山。

| 101 | 102 |
| 103 | 104 |

101

刚刚还是寒冷的雪山，但五分钟后，汽车就进入一片热带雨林，这里就是"墨脱原始森林"。

102、103、104

"墨脱原始森林"里的山路险狭崎岖，穿过这里仿佛进行着一场汽车越野大赛。时而翻山越岭、穿桥过水沟；时而钻洞爬坡、越坑攀岩石……

105

走了好久，发现离墨脱县城还有 70 公里。可见这条路有多难走。

106

"墨脱原始森林"是高原上的氧吧，这里平均海拔 1200 米。这段通往墨脱县城的近百公里路，手机没有信号，也极少有车辆经过。所以一个人行驶在这里，是孤单和恐惧的，不过，我有朱旺。我不怕。

107

离开墨脱的早晨，雾气将整个"墨脱原始森林"
笼罩。湿滑窄小的土路，几乎全是 25 度下坡。
有时雾气盖住了道路，要仔细辨认才敢向前。否
则，一不留神就会跌下右边的山崖。

108

雾霭中的"墨脱原始森林"。

109

回头拍下墨脱小县城。

110

离开墨脱必须原路返回波密。又是一场越野自驾。很像倒写的"V"字形路段，险而陡。这条360度大拐弯，坡度有近40度。

111

又开始穿水沟。这条水沟算最小的，有的水沟盖住了整个路面，右边就是悬崖。

2014/06/17 07:55:18

112

环境改变人，在这里只能找个坡，用车挡着"方便"。

113

小朱旺永远是要看到我才放心。

114

115 | 116

117
118
119
120

114

再看雪山，依依不舍。

115

车一拐出隧道看到远处的雪山就感觉到寒冷，也就知道离开墨脱了。

116

朱旺留影"墨脱公路通车纪念碑"。

117

"通麦天险"是世界第二大泥石流群，也称"通麦坟场"，在波密和八一镇之间，全长14公里，位于雅鲁藏布江的悬崖之上，靠近雅鲁藏布江大拐弯处，悬崖下面是深不可测的江水。（行车记录仪拍）

118

"通麦坟场"的路有多难走无法想象，有的窄得仅能过一辆车，有的全是淤泥，有的路凸凹不平……而下面就是波涛奔涌的雅鲁藏布江。（行车记录仪拍）

119

西藏与北京有两个小时时差。到鲁朗了。

120

这是晚上8点多的鲁朗，美吗？

121 鲁朗夜景。　　*122*　鲁朗的民居几乎都是一层的。

2014/06/17
14:50:34

"通麦坟场"路有多难走无法想象，有的窄得仅能过一辆车，有的是两块铁皮架的路，有的是淤泥，有的道路凸凹不平……而下面就是波涛汹涌的雅鲁藏布江。（行车记录仪拍）

本是完了。我很小心翼翼地开车，我最害怕的是两车交会，大货车、挖掘机车……有辆车会车时，我清楚地看见那辆车的半个轮子悬空着。我都替司机捏了一把汗。

两个多小时后，终于过了通麦天险。路渐渐好走起来，我将车停在一边，这个时候才敢喘口气。

到鲁朗的时候，已是晚上7点半了。路边，紧挨着派出所旁新开了家客栈，店家在路边放鞭炮，于是我停了下来，想等放完了再走。朱旺很怕鞭炮声，在车上不安地蹦来蹦去。我便抱着它下了车，顺便看了下这家客栈，很有特色的藏式民居，一个标间100元。此刻天色已晚，这个地方离八一镇还有80多公里。这家客栈新开业的，我决定和朱旺住下来。

◉　　到鲁朗晚了，在临街新开的一家客栈住下。

在微信上留言。朋友说我太胆大了，就这么住下了。

鲁朗，藏语意为"龙王谷"，意为"叫人不想家"的地方。

鲁朗石锅鸡很有名。客栈新店开业，同时餐厅也开业。我问老板有没有石锅鸡，我想尝尝。

老板说吃的东西不少，偏偏没有准备石锅鸡的食材。但今天新店开业，我是第一个客人，吃饭可以免单。

所以说人善良到处都碰到好人。只是没有石锅鸡，我有些犹豫。

老板说石锅鸡好大一份，你一个人也吃不了。你想吃什么，我让厨师做给你吃。

想想也罢，但不太好意思白吃，本来是打算要两个菜的，最后我只要了一个手撕包菜。

鲁朗的夜里有些冷，躺在床上发微博，很兴奋，今天也开了一天的车，却没有困意，想是昨晚睡得不错。

关灯的时候，感觉朱旺又跳上了床。我摸了摸它的小脑袋，它立刻过来挨着我的头。

睡了。明天去工布江达。

有些小得意。因为顺利地通过了通麦天险。

第 11 天

米拉山

海拔 **5013** 米

14

走着走着就到了拉萨

早晨，发微信说：生命不过是一个从起点到终点的过程……

一个好友纠正我说：生命是从起点到下一个起点！

鲁朗海拔 3700 米，坐落在深山老林之中。两侧青山由低往高分别由灌木丛和茂密的云杉与松树组成的"鲁朗林海"是鲁朗的一大景观。

鲁朗有"天然氧吧"的美称。

早晨起床，有些拉肚子，不知道是不是头天中午在波密吃了牛肉的原因。鼻子里一直有带血的结痂，依旧不敢用力擤鼻子，怕伤到了肺。搬行李上车时，还是会喘不过气来，小口小口地呼吸，吃红景天、葡萄糖冲剂。继续含复方丹参滴丸，在西藏旅行，这是个好东西。走出院子，看到318国道两旁成千上万种野花怒放盛开，一下子好舒坦。

昨晚白吃了老板的一顿晚饭，不想欠人情，做生意挣钱也不容易。离开前，给老板留下了两包烟，表示谢意。老板笑呵呵地收下了，并祝我一路平安。

西藏真的是个神秘而高深莫测的地方。一路走来，青衣江的秀、雅鲁藏布江的壮、高海拔的惧、然乌湖的柔、墨脱的邪、雪山的俊……在这里，鲁朗有着江南的美。

从鲁朗出发，往八一镇方向，气温逐渐升高。天气晴朗，风景

鲁朗的早晨。

很美，沿途可以看到骑行客在路边的草地里搭的帐篷，有的人还躺在帐篷里，有的人在散步拍照。

鲁朗是个可以休息的地方，是个可以当家的地方，是个不想离开的地方。

鲁朗往八一镇的道路修得不错，很多地方修有观景台，但却被围起来收费。真的是很没意思。其实沿途看到的风景也好极了，所以，观景台我都没有进去。

我可能是拉肚子的原因，在路上，精神不是很好，但幸亏镇与镇之间有检查站限速，所以我总能休息。中午的时候，在尼洋河边的一个餐厅停车场里，和朱旺还在树荫下睡了一觉。

好朋友潘多是西藏著名作家，住拉萨，我们一直保持着微信联系。她说林芝很美，建议我玩两天。

行程里是安排有林芝，还有雅鲁藏布江。

中午很热，气温显示29度。睡了一觉后，我吃了些治拉肚子的药，然后和朱旺在尼洋河边散步。有个女友微信我，要我带块西藏的石头回家送给她。尼洋河边有不少鹅卵石，我挑了三块。我不想急着赶路，今天的目的地是工布江达，离林芝130多公里。

肚子一直隐隐的痛，318林芝路段在修路，绕了一大圈才找回318国道。也就不想去雅鲁藏布江了，略看了看林芝这个小县城，加了油，和朱旺吃了半个林芝西瓜就上路了。

可能是吃了西瓜的缘故，也可能是药物的作用，再上路，肚子好多了。

潘多微信说工布江达没什么好玩的。问我为什么要在工布江达停留。

我没有想特地停留在工布江达，我是按地图和网友的攻略制订的路书。

下午 4 点赶到工布江达的时候，的确像潘多说的，没什么意思。看着光秃秃的工布江达，突然想干脆一脚到拉萨算了。

打电话问预订的酒店，得知可以提前入住，决定立刻去拉萨。

工布江达离拉萨有 275 公里，途中要翻越海拔 5013 米的米拉山。我计划晚上 9 点前到达拉萨。

傍晚时下起了雨，但很快就停了。

拉萨和北京有两个小时的时差，晚上 6 点时天还是亮的。

沿途风景还是很美，但担心油不够，很长一段路找不到加油的地方。我有些着急，天渐渐晚了，有骑行客在山路边搭帐篷准备休息，有朝圣的藏民赶着牛羊，一边磕长头一边走，有穿着红袍的藏僧在路边搭炊做饭……可能是快到拉萨的原因，我看到的藏僧和跪拜朝圣的藏民多了起来。有一对夫妻，女的在后面赶着一辆马车，男的在前面走一步磕一个长头，他们的前方还有一头打扮华丽的山羊。他们是从山西过来的，已走了 50 多天，那头羊也因长途跋涉疲惫不堪。

行驶在山中，看到最多的是成群结队的牦牛，经常有藏民赶着它们在路上穿越漫步，往往这时，我就停下车。藏民开始是皱着眉奇怪地看着单车单人的我，我冲他们微笑招手后，他们立刻回应，也冲我招手微笑，并赶开牦牛群。

其实人与人之间就是这样，你对人友善，人家也会对你友善。

藏民们都很善良。翻越米拉山时我甚至想，如果天黑前还没有驶离这座山，我就停车，山里有很多的蒙古包，那一定是养牦牛的藏民居住的地方。我可以找一户藏民的蒙古包求宿，体验一下游牧藏民的真正生活。想到这里很得意，但很快我又想，这可是5000多米高的米拉山，万一高原反应了不是给人家添麻烦吗？

在米拉山山顶，我拍了照。风很大，天慢慢黑了下来，这时又下起了小雨。我接着往前赶路。沿途车辆不多，但不时地总看到有车辆超过我，多是外地的车牌，应该都是旅游者。

我和朱旺在路边找了个地方休息，吃了点东西。我可能真的是年龄大了的原因，也可能是在路上锻炼得越来越胆大，停下车后，找了个挡风的地方就上了厕所。没有办法，旅途中就是这样。

又到了检查站，朱旺看见人就叫得厉害，我向警察问哪里能加

● 去往拉萨的途中，翻越海拔5013米的米拉山。

油，车快没油了。警察说还有 100 多公里就有加油站。我真害怕我的油开不到 100 多公里，警察说没问题，这里海拔高，省油。

终于在离拉萨 69 公里的地方加了油。天这时黑透了，而进入拉萨的这 69 公里没有路灯，黑乎乎的，人凭着感觉和毅力开车。有些路段很不好走，车一颠一颠的，不明白拉萨是省会，政府也不将道路修好一些。

晚上 10 点 45 分到了拉萨。这天是周三。入住的酒店紧挨着大昭寺，环境不错，但院子里不太好停车。我是从网上团购的这家酒店，标间 138 元一晚，在拉萨这样的地段算是便宜的。团购上明明写有早餐，但老板娘硬是说没有。懒得和她计较，人安全就行。

一个朋友恭喜说："你胜利了，你到拉萨了。"

不，这才是一半，平安回家才是真正的胜利。

☼ ⛅ ⛆ ☁

15 失而复得的 U 盘

在拉萨的第一个夜晚很静，睡得很熟。

我计划要在拉萨休整四天，然后去日喀则。

早晨醒来时已是 9 点多了，躺在床上想着起床后要干的事：要整理车子里的物品，出门 11 天了，和朱旺在车里折腾了 11 天，该整理、消毒一下了，同时也该洗洗"朱二黑"了。11 天了，朱旺也该洗澡了。昨晚很晚才到酒店，办完入住手续后就回房间休息了，相机里的照片还没有拷贝出来，还有行车记录仪里的视频也要拷贝出来……

潘多发来微信，说她下午下班后来酒店找我。

想到马上就可以见到好朋友，整个身心都放松了。

朱旺见我醒了，吵着要出去上厕所。我伸着懒腰，真不想起床，真想睡到下午。躺在床上逗朱旺，到拉萨了，我们到拉萨了……来西藏不就是到拉萨吗？

我还是有些得意。

拉萨海拔3650米，一路从雅安、新都桥、雅江、卡子拉山、理塘、芒康、左贡、怒江、然乌湖、墨脱……海拔高高低低。我觉得自己有些适应了西藏的高原反应，但起床后清理物品时依旧会觉得喘不过气来，鼻子里干干的。提醒自己还是要很小心，毕竟还在西藏，一日三餐的红景天、葡萄糖一件也不能少。

拉萨街头。　◉

　　带朱旺下楼上厕所，吃完早餐，回房间收拾东西时，一件意外的突发事件让我的心立刻痛了起来。

　　出发前，为了少带些物品，（其实没有必要，开车呢）我注册了 360 云盘和快盘，为了是储存相片和视频，这样就没有带移动硬盘。但又害怕西藏有些地方网络不通畅，另备了 64G 和 32G 的 U 盘各两个。其次，为相机和行车记录仪准备了两个 32G 的 TF 卡和一个 4G 及一个 16G 的 SD 卡。这些东西我装在一个手掌大的帆布包里。

　　和朱旺回到房间后，我打算将头一天的照片和行车记录仪里的视频拷贝出来后，再下楼去整理车内的物品。然而，就在这个时候，却怎么也找不到那个装 U 盘的小帆布包。我一下子急了，包里不仅有 U 盘、TF 卡和 SD 卡，还有两个读卡器及蓝牙耳机等。最重要的是，那些 U 盘里装载着我这 11 天从北京自驾到拉萨拍的照片、视频和写的游记。如果没了，那这一路算是白走了。

　　我将所有的包翻了好几遍，又下楼将车里的物品翻了个底朝天，还是没有找到。我彻底地慌乱了，感觉心好痛好痛。

　　朱旺见我烦乱，它也紧张起来，不知道发生了什么事，只是一声不吭紧紧地跟着我。我重回到房间里，含了十粒复方丹参滴丸。坐在床上，让自己冷静下来，打开思绪往回推。昨天一天在路上，晚上没有拷贝东西。前天晚上在鲁朗我拷贝了照片和行车记录仪里的视频。那就是说这个 U 盘帆布包最有可能是遗失在了鲁朗？我慢慢回忆，在鲁朗的晚上，夜里有些冷，我将两张床的被子放在了一张床上，那个巴掌大的小帆布包有可能裹在被子里。可是鲁朗的客栈是临时随性停车就住下的，而第二天一早就走了。我没有老板的电话，也没有地址，甚至连客栈叫什么名字也不知道。这可怎么办？

思绪理清晰后，我想现在唯一的希望就是鲁朗派出所了。有印象那家新开的客栈因挨着派出所，我才会进去看的。

抱着一丝希望发微博求助鲁朗派出所的电话，自己也上网百度。鲁朗不大，很快找到了鲁朗派出所的电话，打电话过去，说明自己的情况：从北京自驾西藏，沿途有一个装着很多 U 盘的小帆布包，U 盘的内容对于我很重要，记录着我这一路来的照片和视频，还有日记。请求鲁朗派出所的警察帮我找到这家客栈。新开业的，紧挨着 318 国道，鲁朗派出所的旁边。

我陈述完这些后，接电话的警察立刻知道是哪一家客栈了，但强调不一定能帮我找到这个小帆布包，让我保持电话畅通，他们这就派人过去询问。

放下电话，我稍微踏实了些。鲁朗派出所是最后的、仅有的希望，我想，如果找不到这个装着 U 盘的小帆布包，我要怎么回忆这一路的经历。

因这件突发事件，我无法再进行后面的事情。我躺回床上，等待鲁朗派出所的消息。

一个小时后，等不及鲁朗派出所的电话，我打电话过去，接电话的罗警官说已经帮我找到了那个装 U 盘的小帆布包，他正在想办法送给我。

我一下子好激动，觉得自己太幸运了，在哪里都能碰到好人。

因为我在拉萨住的地方不固定，最后和罗警官商议，将装有 U 盘的小帆布包快递回北京。

装 U 盘的小帆布包找到了，我也踏实放心了。又开始忙自己

○ 与西藏著名作家尼玛潘多
和她的女儿贵桑央金一起
逛街。

的事。清理车里的物品，给车内消毒。给"朱二黑"洗澡，给朱
旺洗澡。

下午，带朱旺洗澡的时候，潘多提前下班来找我，她也迫切地
想早点见到我。和潘多一起来的是她漂亮可爱的小女儿。老朋友见
面很开心，终于有人可以陪我一起吃饭了。

朱燕、朱旺、"朱二黑"，一个人一条狗一辆车。这一天是北京
自驾西藏的第 12 天，西藏著名作家尼玛潘多和她的女儿贵桑央金，
还有我和朱旺，我们在布达拉宫前合影。

☀ ⛅ 🌧 ☁

16 好友相伴拉萨四天

　　我在拉萨共待了四天，6月19日至22日。这四天因有好友潘多和她女儿的相伴，日子过得舒适而混乱。

　　潘多和她的女儿贵桑央金是19日的下午来酒店找我的，她们先陪我去电子城买了块500G的移动硬盘，然后带着我和朱旺一起逛八廓街，在玛吉阿米餐厅请我吃藏餐。晚饭后，我们去了布达拉宫广场。

　　拉萨不大，布达拉宫、大昭寺、小昭寺相隔不远。游客的重心都汇集在大昭寺旁的八廓街上。吃了晚饭，我、潘多、央金带着朱旺边走边逛。八廓街转经的人很多，一多半是游客，大家围着大昭寺顺时针走着，很快就转到了大昭寺广场，然后向北慢慢溜达着就到了布达拉宫。

晚上 7 点，布达拉宫转经的藏族人还很多。随着人群走了一会儿，便到了布达拉宫广场，在这里又碰到了在墨脱途中遇见的那几个北京游客。真是缘分。

6 月的拉萨，气候干热，早晚温差大，中午最热。6 月 20 日早晨，拉萨下雨了。下了雨反而清爽了不少。

吃过早餐，我拿出在淘宝上买的宠物背带包将朱旺背在胸前，然后打着伞，我们去了小昭寺。小昭寺在装修，外面看上去破烂不堪，进去还要收 20 元门票，我就不打算进去了，和朱旺在门口请人拍了张照片后，就去了大昭寺。

去大昭寺的路上，雨停了，立刻感觉到热了。

其实潘多提醒过我，逛大昭寺最好下午去。因为布达拉宫每天限制人数，所以藏民们进供香油都选择了大昭寺。上午大昭寺里多是朝拜的藏民，下午基本上是游客。但是我忘了。

果然，上午大昭寺里拿着香油的藏民络绎不绝，不过大家都很规矩地在排队。我背着朱旺先去检票口，特地问能否带朱旺进去。答复可以后我才去买的门票。

朱旺很兴奋，我一直把它背在胸前。整个浏览过程我都没有放它下来。有藏民突然看到朱旺很稀奇，有人要摸它，还有人想吻它。当然，朱旺都很不高兴地拒绝了。

人很多，我跟着人群一步步走着，藏民很虔诚，拎着油壶在每

小昭寺在装修，还要 20 元门票，我就没进去。和朱旺在门前合了张影。　　◉

个油灯前倒油，塞着一角五角一元的零钱。我刚好有不少一元的零钱，我拿出一沓来，没有目的随意放着。

在一个窄小的神龛前，前面的人群突然拥挤起来，接着看到一个穿着便装的青年男子从前面胡乱地抓人就往外推，动作熟练而快速，都来不及反应。他的力气很大，推到我跟前时，一把就抓住我推了出去。我觉得很委屈，并且这个男子太过分。我问他为什么推我。他看着我犹豫了一下，半天才说："这里不准游客进。"

我问他是谁。他不回答我。我猜他是大昭寺里的工作人员。

我说不准进也不用推我吗，不能好好说吗？

他说推你怎么了。这时，他看到我怀里的朱旺，又说这里不准狗进。

我问他到底是不准狗进还是不准游客进。

他就向我挥手，让我走远一点，说不走就要把我关起来。

我就生气了。我不走开，我只是问他为什么推我。

我们争执的时候，旁边的藏民很奇怪地看着我。我也很奇怪地看着他们，刚才很多被这个青年男子推出来的藏民竟然没有一个表示不公，都默默地看着我然后走开了。

有一个穿着消防服的男子过来劝我说，这名男子可能没有注意到我是游客。

是谁也不该这么推吧。我又问了一句那名男子为什么推我。

他这时有些心虚了，大概在这里经常推藏民却没有人敢说不。

"滚滚滚，"他冲我发火起来，"再不走，把身份证扣下来。"

我知道在西藏这个地方，没有身份证是寸步难行的。住店要身份证，过检查站要身份证，加油也要身份证。

但是，姐从来就不是个怕事的人，怕就不会一个人从北京自驾到西藏来了。

"你吓唬谁啊。"我说，"身份证扣下来？你把我扣下来都行。我今天还就不走了。"我抱着朱旺准备坐下来。

又一个工作人员模样的人悄悄跟我说，"前面有个穿黑上衣的男子是领导，你去跟他说。让领导处理。"

想想还是算了，这个青年男子推人是不对，但有份工作也不容易，再说，我也不想为这么点事坏了游玩的心情。

不过，再逛大昭寺心情就没那么好了。再有人想摸朱旺我也不理会了，很快就离开了大昭寺。

八廓街是个逛不厌的地方。

藏族人称八廓街为"圣路"。

出了大昭寺，带着朱旺游走八廓街，很快就忘记了大昭寺里的不愉快。我很喜欢这条街，随着虔诚朝拜的藏民顺时针慢慢走着、转着，一切的疲惫和烦恼在游走的过程中烟消云散。

八廓街上人总是很多，成群的藏民或摇着转经筒或手里捻着念珠，边走边念着"唵嘛呢叭咪吽"。我让朱旺在地上跑了一小会儿后又将它背在了怀里，我边走边摸着它的头，嘴里也念着六字真言。我相信上天是有眼的，一定会看着我们，保佑我们平安回到北京。

快走到大昭寺广场的时候，突然，背在身后的包动了一下，我惊地回过头来。一个看上去有 60 多岁的藏族妇人，指指朱旺又指指我，叽叽咕咕地说着什么。我一句也没听懂，只是惊恐地看着她，以为是朱旺冒犯了它，或者我不该带着朱旺逛八廓街。可是，

八廓街是个逛不厌的地方，藏族人称八廓街为"圣路"。

我来拉萨两天，到处都能看到流浪狗，布达拉宫广场和大昭寺广场都有。有印象一个藏民告诉我，藏族人是很善待狗的。

一个年轻的藏族女子过来给我翻译说，藏族老妇人说朱旺很神奇，她想摸摸它的头，问我是否可以。

我知道朱旺是不让人摸的。可是对方是位年老的妇人，我不能拒绝她。我点头，吼着朱旺不许它动，死死抱着它的身子按住它的头让藏族老妇人来摸。可还没等藏族老妇人摸到朱旺，朱旺就发出不高兴的低鸣声，警告老妇人不要摸它。我轻打了朱旺两下，让它乖。然后，再让老妇人摸朱旺。

藏族老妇人小心地将左手搭在朱旺的后脑处，右手单手作揖，大拇指上挂着一串念珠，微闭眼睛嘴里念叨了一番后，收回了左手，冲我微笑地又说了几句。年轻的藏族女子翻译给我听："老妇人说你的这条狗很有灵性，它一直在保护你。"

藏族老妇人走后，我摸着朱旺的头："就你这小样，还保护我。碰到稍微大点儿的狗，你就吓得汪汪直叫……"

吃完中饭，我换了一家藏式客栈，紧挨着布达拉宫。这家客栈是那四个北京游客推荐的，他们就住在那里，停车、进出都很方便。

藏式客栈的老板是两个80后女孩，一个山西人一个成都人。两个女孩很厉害，分别管理着两家客栈。管理我住的这家客栈的女孩姓侯，我到的时候她刚熬好了粥，一定让我和她一起喝，连拒绝都不行。

下午下班后，潘多和她女儿贵桑央金又赶到客栈来陪我，好让人感动。

17 让人遗憾的布达拉宫

离开拉萨的前一天夜里。客栈老板小侯一定要我在客栈墙上涂鸦几句，于是拿纸写了：

> 生命是一个从起点到终点的过程，人生就是一段旅行。
>
> 拉萨是一个悠闲的城市，布达拉宫我很遗憾。

小侯看了不解，问："姐，不喜欢布达拉宫吗？我觉得很壮观。"

我没有不喜欢布达拉宫。我非常喜欢布达拉宫。

布达拉宫建于山腰之上，群楼重叠，气势雄伟。布达拉宫海拔 3700 米，分白宫和红宫，距今已有 1300 年的历史。

布达拉宫是西藏的一道奇观，是藏族人的皇宫神殿。

我这里说让人遗憾，并非说布达拉宫不好，而是游玩布达拉宫给我很多的遗憾。

布达拉宫实行预售与限售结合的卖票制，每天参观人数限制 2300 人（散客票约 700 张），每天下午 5 时后预售次日以后门票，每人限买四张，必须提前一天排队领取购票凭证，而且必须提供身份证号码。根据排队的先后，购票凭证上会标明次日的参观时间。参观者须在参观时间前持身份证及购票凭证在布达拉宫购买门票进入。

◉　排队等待进布达拉宫参观。

　　来拉萨的第一天，我就开始预订布达拉宫的门票，但都没有订到。最后不得不求救于潘多。潘多很快通过报社帮我订了一张票。

　　票订上后，朱旺成了我的一个心病。

　　一路出行，从北京到拉萨，从未和朱旺分开，不论吃饭还是上厕所。而现在我开始纠结是否要将朱旺独自留在客栈，因为布达拉宫不准带宠物进去。可能这时，读者会认为我太过于宠朱旺了，不就是一条小狗吗，至于嘛，让它独自待着又能怎样？但这里我要说，朱旺对于我不仅仅是一条小小的宠物狗。它是我的朋友，我的小旅伴，我生活中最重要的一部分。我特别害怕它有什么闪失，特别不愿意有什么不利于它的事情发生。我都不愿意去想它离开我后发生的任何一件可能事件，我不去想，是害怕成真。

　　小侯很喜欢朱旺，说让它在院子里玩，她看着。可我不放心，院子太大，大门又敞开着，难保朱旺不跑出去。这要是跑出门了，我到哪里去找它。

　　潘多说她带着朱旺在布达拉宫广场上等我。

　　这怎么能行。来拉萨就已经够打扰朋友了，哪能什么事都烦扰朋友。小侯说她也可以带着朱旺在布达拉宫广场玩，那里好多的流浪狗可以和朱旺一起玩。我也没同意。小侯得做生意，得照顾客栈。最后，狠狠心，决定将朱旺锁在客栈房间里。

　　6月21日是个周六，我起得很早，将衣服洗了后，和朱旺在客栈二层楼顶看远处的布达拉宫。

　　拉萨的早晨很美，天蓝得透，朵朵白云就像是粘贴上去的，仿佛伸手就可以抓一朵下来。在城市里，污浊昏蓝的天空对于我已是常态，所以有时，看着拉萨的蓝天白云，清澈透明的天空，真怀疑自己的眼睛看到的不是真的。

抱抱朱旺，喂它吃了两根迷你小肉肠，亲它的头，心痛委屈它将要独自锁在房间里。朱旺像是感觉到我要留它在客栈，拼命在地上打滚，向我示好。

我轻拍着它，给它的水盆里装满清水，告诉它要乖，我很快就会回来。我不会抛弃它，我们只是分开一小会儿。出门前，将朱旺拴在了沙发椅上，并告诉服务员今天不用收拾房间了。

拉萨随处可见保安便衣武警、防弹防暴汽车。布达拉宫最多，围着布达拉宫整整一圈，20米一岗，三个特警一组，全副武装摆着标准防暴造型，拿枪、拿盾、拿刀，最后成了一道闪亮的街景。

在布达拉宫参观的所有游客都须在1小时内完成参观，因此在宫殿内任何地方都不允许停留。

布达拉宫的游人很多。我参观的时候规定是11点15分。

布达拉宫的确很壮观，但我逛得不开心，因为很多禁锢，并且，这边的工作人员的有些行为我觉得不妥。一进门安检就将水没收了，有个老人说："我60多岁了，我当你的面喝一口行吗？没有水一会儿我会很难受的。"工作人员面无表情，无论老人怎么说就是不能带水进去。也罢，老人叹口气将包里的水全部拿出放在一旁的筐里。还好，进去后不到30米的大殿前就有卖水的。这里是布达拉宫提供的纯净水，335毫升一瓶，卖五元钱。

因规定一个小时必须参观完，我不可能仔细浏览，于是跟着一个旅游小团队，听着导游介绍布达拉宫的历史、典故、每个殿堂的传奇……

在布达拉宫里参观，经常可以看到红袍藏僧和我们擦肩而过，有的极其谦和、礼让，有的爱答不理。好像是在灵塔殿前，拐角处坐着一个正在打电话的红袍藏僧，看到我们过来也不避讳，依旧大声说着电话。布达拉宫很静，手机巨大的扩音功能将与红袍藏僧打电话者的声音毫不保留地溢了出来，是个女士，年龄不小，还有点骚。藏僧同她聊着，也是很世俗，说什么我亲自来接你啊，你保重身体啊，我在殿里啊……所以说，佛经是真的，但信佛的人未必都是真的。

出了布达拉宫，收到潘多的微信，说她和女儿已在我客栈等我，让我慢慢逛，不要着急。看着微信，心里暖暖的。有朋友真好。

其实走得已经有些累了，本想早点回客栈，结果为找出口硬是围着布达拉宫又转了一圈。很累，但后来想想，或许是天意，让我随着转经的人群再虔诚地走一圈。

回到客栈，潘多和小央金在院子里喝茶，我打了招呼后急忙进房间，发现朱旺已挣脱了绳索，嗓子也哑了。

小侯说，她心痛死了。朱旺叫了一早晨，好几次她都想进房间把朱旺带去布达拉宫广场等我，但终究还是没有下定决心。

所以说，来拉萨一定要住客栈，要住藏式客栈。这里像家一样，有洗衣机供你洗衣服，下雨了，有人替你收衣服，而小侯老板会熬粥给你喝。

○ 在光明茶馆买卖喝茶两不误的广东青年人。

　　光明甜茶馆是拉萨很有名的茶馆。宽大的店堂，一张张条形方桌和条形长椅。来这里喝甜茶的人不分贫富贵贱，自取一个消毒过的小玻璃杯，围坐在长条形桌旁，放几元钱在桌上，拎着茶壶的服务员一桌桌游走，看到空的杯子会主动倒上一杯热甜茶。一杯热甜茶七角钱。服务员会从桌上自取七角钱，不多收，也不少收，如果没有零钱，服务员会找给你。你只管放心地和周边的藏民、游客了解、咨询打听各种关于西藏的你想知道的事情，当然真假就得靠你自己辨别。我很喜欢这里的氛围。

　　在拉萨的三天，我每天都会抱着朱旺去光明甜茶馆坐上一小会儿，喝几杯热甜茶。开始我很局促，不好意思坐在藏民之间。后来，我不管是藏民还是游客，有空位就坐。坐下后就和四周的人聊天。有次，我抱着朱旺坐在一个大条形桌旁，桌旁围坐着三个游客和五六个男女藏民。

三个游客是广东人，边喝热甜茶边向四周的游客和藏民推销他们刚刚批发来的手串珠链。我发现广东人是很会做生意，这三个广东人20多岁，每年4月坐火车来到拉萨，就批发零售这些旅游纪念品。边玩边卖，到10月后再回到广东，每年能挣五六万回家。玩也玩了，吃也吃了。

☀ ⛅ ☔ ☁

18 去拉姆拉措看前生来世

　　我住的藏式客栈房间的墙上有一幅画。小侯告诉我，画的是拉姆拉措。我立刻想起一句话：去拉姆拉措看你的前生来世。

　　拉姆拉措是西藏最具传奇的湖泊，在藏传佛教转世制度中有着特殊的地位。每次寻访达赖喇嘛、班禅等大活佛的转世灵童前，都要到此观湖卜相，以受神示，而且每世达赖喇嘛都要到"神湖"朝拜一次。据说朝拜此湖的有缘之人只要虔诚地向湖中凝望，就可从湖水幻示的影像中看出神谕的前生和来世。西藏历代达赖喇嘛和班禅的转世灵童，都是通过观圣湖所现的异象确定寻访的方向和原则，而且该湖也是无数善男信女探求自己命运的宝镜。每年藏历4至6月，许多善男信女前来这里朝圣观景，希望可以从湖水的倒影中看到自己的未来。并且多人同观，所见各异。

"我要去拉姆拉措看我的前生来世。"

我在朋友圈里发了这个消息后，立刻惊动了不少朋友。

"真的吗？你要去拉姆拉措，能帮忙看看我的前生来世吗？"

"那地方海拔5000多米，并且路途艰难，道路极其危险，你真的要去吗？"

……

前生来世哪能请别人帮忙看的。再说，前生来世有什么可看的。糊里糊涂过才好，了解清楚徒增烦恼。

这是我个人对前生来世的观点。

拉姆拉措位于西藏山南加查县城，她不在我这次旅行的计划中，但此刻，拉姆拉措留在了我的心里。据说有人很多次来到加查，想进山找拉姆拉措但都没有找到，也就无缘朝拜凝视这座圣湖，更别说从湖水幻示的影像中看出自己神谕的前生和来世。

我相信今生我一定会再来西藏，一定会去拉姆拉措。我会虔诚朝拜，并不为求能看到前生来世，只是想闭上眼睛挨着"她"静静地坐一会儿。

朱燕、朱旺、"朱二黑"，一个人一条狗一辆车，2014年6月22日，星期日，北京自驾西藏的第15天。我准备离开拉萨了。

在拉萨待了四天，我最喜欢逛的是八廓街，最爱喝的是光明茶馆的甜茶，最欣慰的是在布达拉宫广场，看着纯朴的藏民围着他们心中的圣殿转着经筒，念着"唵嘛呢叭咪吽"。

早晨，我带"朱二黑"去拉萨铃木 4S 店做保养。从北京自驾拉萨近 5000 公里，该给"朱二黑"换机油机滤了。这里要感谢网友的提醒，我自带了原装机油机滤。果然，拉萨铃木 4S 店根本没有现货。

西藏博物馆就在 4S 店旁边，免费的。进门有安检。我想去看看，我说我背着朱旺，但安检员还是不准朱旺进。我不强求，安检员也没错，这是他的工作。只是现在不让朱旺进的地方，我也不打算进。我一点也不遗憾，虽然我千里迢迢从北京自驾到拉萨。

旅行有时候享受的是过程，目的地已不重要。

中午后拉萨又开始下雨，我来拉萨四天，天天都有下雨。在客栈里睡了一觉后，醒来雨停了。

● 　　来拉萨的四天，每天都有下雨。在拉萨 4S 店给"朱二黑"做保养。

123 鲁朗的早晨，天透蓝。 *124* 路边休息，到处是风景。

125 途中景观"赛卧村小吊桥"。桥上风很大，真担心朱旺给吹下去。

126 尼洋河。

127 途中景观"中流砥柱"。给朱旺来一张。

128 靠近拉萨的藏民生活明显富足些，房子也盖得漂亮。

129 离开工布江达去拉萨。天下雨了。（行车记录仪拍）

130 米拉山海拔 5013 米。

131 行驶在山中，看到最多的是成群结队的牦牛。（行车记录仪拍）

132 藏民开始是皱着眉奇怪地看着单车单人的我，我冲他们微笑招手后，他们立刻回应，也冲我招手微笑，并赶开牦牛群。（行车记录仪拍）

133 选择了独自旅行，就得忍受孤独。经常几十公里就我一辆车在崎岖的山路上行驶。（行车记录仪拍）

134、135、136、137

拉萨街景。

2014-06-19 17:24

2014-06-19 19:4

138
玛吉阿米餐厅里开心的朱旺。

139
与西藏著名作家尼玛潘多和
她的女儿贵桑央金在布达拉
宫前合影。当然，还有朱旺。

140

雨后，小昭寺前的街道。

141

小昭寺热闹的交易。我却忘了卖的是什么。

142

大昭寺门前。

143

逛完大昭寺，和朱旺在门前留影。

2014-06-20 15:42

147 | 149

148

144   随着藏民逛八廓街。

145   八廓街是个逛不厌的地方，藏族人称八廓街为"圣路"。

146   这面墙应该是大昭寺的外墙。

147   换了家客栈。藏式住宅，很喜欢。

148   我抱着朱旺站在客栈层顶上。看到身后的布达拉宫了吧。

149   我洗衣服的时候，朱旺在客栈楼梯处跑来跑去地找我。客栈里的人都逗它。它也很开心，没有叫。

150	151
152	153

150

布达拉宫的建筑很有特色。

151

布达拉宫外景之一。

152

拾级而上，不敢走太快，怕高反。
云朵真像絮一样。

153

布达拉宫有的墙刷成了红色。

154

布达拉宫管理很严格，进去参观的时间和人数都是有限制的。图为排队等待进布达拉宫参观的游人。

155

终于可以进了，刚过安检，上了十几级台阶就喘不过气来。

156

在门口等待进入布达拉宫参观。

157

很快就逛完了。
出来留张影。

158 布达拉宫全景。 *159* 在布达拉宫上俯视拉萨城。

　　接到山西王姓车友发来的短信，他们一行四人正在青藏线上艰难行驶，他说青藏线比川藏线还难走，他建议我多备些氧气罐，与他们同行的唯一女子从左贡开始，不舒服就吸氧气。

　　晚饭后，我带着朱旺去药店又买了一罐氧气和一些感冒药。我也害怕后面的路不好走。

　　给汽车加满了油。

　　晚上，下雨了。躺在床上，和潘多告别。

　　明天去日喀则。

第 16 天

甘巴拉山

海拔 5374 米

☀ ⛅ ☂ ☁

19

羊卓雍措的美日喀则的浪漫

雨下了一夜。早晨停了。

6点，我和朱旺起了，搬行李下楼，发现地很湿。我让朱旺先上厕所。朱旺很聪明，看我搬行李，立刻知道我们又要出发了。它快速地奔向一个墙角，不像以往那样一点一点地边闻边撒尿，而是一大泡尿后，马上又便便了。我清理着它的便便，摸摸它的头，真是乖，懂得不给我找麻烦了。

那六个北京游客也在搬行李，他们准备去那曲，然后沿青藏公路往回开。他们问我还要待几天。我说今天离开拉萨去日喀则。他们没有去日喀则，但几天前去了羊卓雍措。他们说羊卓雍措美极了。

羊卓雍措也是我今天要去的地方。

站在客栈的二层，再看看拉萨这座城市。阴暗的天空中布达拉宫像一叶贴上去的剪纸，依旧那么神圣，那么雄伟。

羊卓雍措位于西藏山南地区浪卡子县，离拉萨约 100 公里。

我打算早点走，今天是周一，想避开上班的高峰。7 点 18 分，我、朱旺、"朱二黑"上路了。

跟着 GPS 我们上了机场高速。天很阴，但拉萨的景色依旧很美，空旷的高速两旁，远处的山峦、成片的白云，像浪花一样不定地飘来。云散后，天就晴了。天空立刻蓝得透彻，如清洗过般。

西藏的天，真的是蓝。

因为行车记录仪的电和容量只能坚持两个小时，而充电时又不能录制。所以，我打算断断续续地录制，但出了拉萨市区后景色太美，便由着行车记录仪录制着。

依旧是盘山公路，但都是柏油马路，很平坦，路况很好。虽然也弯多路陡，但因为车少景美车速慢，所以忽略了山路的曲折。

天放晴后，就感觉到热了。

路很宽，天透亮。两旁的景色越来越美。

真的是让人惊叹，越来越美。

其实我惊叹早了，后面更多的美景，越走越美，越来越美，越走越美……我感叹，我真幸运。幸运我在路上，我在享受生命。

◎　　下过雨的早晨，拉萨的天空

　　沿途我不断地发着微信，与朋友们共享美景。很多人还在上班中，但都耐不住关注着我、朱旺、"朱二黑"的西藏之旅。

　　"羊卓雍措、日喀则……都是耳熟、梦中的地方，感谢你的分享，让忙碌工作的我也感受到了旅途的愉快！"

　　我的每一条微信在朋友圈里都能引起大家的感慨。

　　"真羡慕你能自由翱翔。"一个朋友说。

　　我的确有飞的感觉。

　　甘巴拉山海拔 5374 米，翻越它的时候，"朱二黑"依旧很吃力，提不起速度，油门踩到底也不过 20 迈。我想以后有钱还是要换辆排量大的车。

　　到达甘巴拉山口就可以看到美丽的羊卓雍措和宁金抗沙峰。

遇到一个山东车队，有六辆车，有印象在去往拉萨的途中，也看到过这个车队从身边经过。其实沿途看到过不少这样的车队。统一的车标，浩浩荡荡地，感觉很牛逼。有一阵子我挺讨厌这种车队的。招摇，七八辆车一定要整齐地排在一起，这样通常会挤得其他车不得不靠边让着他们。

在去羊卓雍措的途中，有好几次停下来拍照时，碰巧这个山东车队也停了下来。在一个休息区，山东车队中有个男子过来打招呼，说沿途看到我好几次了，带着条狗。男子很面善，问我怎么一个人。

我说一个人挺好，自由。

他点头说也是。随后问我"朱二黑"爬山怎样。我说爬坡时好吃力，估计是排量小的原因。他便告诉我一个绝招，说爬坡吃力时打开油箱放点气就好了。我真信了，后来，在纳木措我用了这绝招后，导致"朱二黑"熄火，车停在了海拔5000多米的山腰上。

随后，在去往日喀则的途中，我又碰到好几次山东车队，跟这个男子聊得也熟了些。他问我是否去珠峰大本营。他们明天一早去。

我也是计划明天去珠峰大本营的。

他说去珠峰的路很难走，珠峰大本营海拔有5200米，条件恶劣，得待一晚。"要不你和我们一起吧，这样路上也有个照应。"他说。

我听了很感激，这是沿途唯一一个邀请我同行的车队。

他问我有手台吗，加入他们的频道，可以随时联系。

我带有手台，可车上东西太多，我一时真是没找到。他要将他的手台给我用，我立刻拒绝了，因为手台不便宜。他的同伴大概误会我并不想和他们一起走，便拉着他走开了。

后来在青藏公路，我又碰到了这个山东车队。

去往羊卓雍措的途中，厕所开始收费了，在曲水上厕所收费还只是一元，到了羊卓雍措，便成了两元。其实收费贵些还能接受，只是厕所极脏，让人无法接受。

羊卓雍措旁有一块空地是景点和休息区。其实这个景点真不如沿途的景色，但因为所有的旅游大巴和自驾车都停在这里休息，所以我也停了下来。

旅游业给整个西藏带来了人气，同时，也让一些人养成了陋习。

本来，我是想抱着朱旺在这里静静地坐坐，看看湖水，晒晒太阳。但游人太多，有几辆大巴上下来的游客干脆铺块塑料布就在地上野炊起来。惹得一些藏族孩子围着他们要吃的。一个十四五岁的藏族女孩来到我的车前要东西，我给了她一小包饼干。因为我半开着车门，站在车边喂朱旺喝水吃东西。女孩见我一人，便不走，要看看车里。我笑着请她不要看，她依旧不走，并抱起身边的一个男孩坚持想到车里看看。我便收起朱旺的水盆，将朱旺放回车上。我知道朱旺上车后，一旦有陌生人要靠近车，它便会"汪汪"大叫。果然，女孩抱着男孩想打开车门的那一刹那，朱旺在车窗处狂叫起来。女孩吓得抱着男孩就跑了。

我随即上车，离开了羊卓雍措。

羊卓雍措到日喀则有 230 多公里。

沿着雅鲁藏布江河谷一路盘山便到达后藏重镇——日喀则。

去往日喀则的路上，天像一对纠结闹脾气的小情侣。车在盘山公路上行驶，经常这边山中蓝天碧海，而那边山中暴雨连绵。一会儿大雨飘泼，一会儿晴空万里，接着又下雨还有冰雹，真的就像一对热恋中的情人，斗嘴闹情绪。所以一路上我也被这奇特浪漫的美景惊呆了，发了好些微信。进入日喀则的时候，天像洗过的蓝，那是让人难以想象的蓝天，那不应该是梦，那绝对是梦中都不可能有的幻觉。

我觉得自己是个警惕性很高的人。GPS 显示去日喀则的路有新G318 和 G307，GPS 老是要我掉头，我担心走错了路，下车问了几次路。曾经一次问路时，有两个藏族男子窥探我的车后座，看到我

江孜县位于藏南日喀则东部，过了江孜县就到日喀则市了。

是一个人后，俩人相互对望着。他们的眼神让我很警觉，不等他们回答便开车走了。

日喀则海拔 3850 米。住进日喀则预订的宾馆后，我又感觉到胸闷喘不过气来，我知道是高原反应。这时，对去珠峰大本营就有些犹豫了。因为，在那里，要待一个晚上。

按照出门前制订的路书，明天一早去珠峰大本营，歇一晚后天赶回日喀则，大后天从日喀则直接去当雄。

透过宾馆的窗子，无意中看到停车场里，一个男子围着我的车转了一圈后停下了，不知道他要干什么，我一直看到他离开。我又担心起"朱二黑"的安全来。

我希望今晚没事。不光是"朱二黑"，还有我和朱旺。

老爸保佑。

☼ ⛅ ⛈ ☁

20 后悔的二逼青年

一个网友说：不去珠峰你会后悔一辈子，去了珠峰你会从此后悔。

我天生就不是一个爱后悔的人。所以，6月24日早晨，在西藏日喀则的宾馆里，早晨醒来就发了条微信：

"珠峰大本营姐不去了。留给那些爱后悔的'二逼青年'吧。"

当雄海拔太高，我决定回拉萨，然后从拉萨去纳木措。

其实昨晚临睡前就已决定不去珠峰大本营了。与"路不好走、珠峰大本营除了拍张照片没什么其他好玩的地方"无关，就是自己不想去了。

因为决定回拉萨，所以一下子好放松，觉得像回家一样，不用着急赶路，我慢慢地收拾行李，和朱旺一件件拿到车里。鼻子依旧干干的，无意中使劲擤了一下，胸肺立刻痛了起来，呼吸紧促。赶紧站住了，用手轻捶胸口，半天缓过劲来。这里还是高海拔，还不能太使劲。

一日三餐的红景天和葡萄糖准备好，泡好茶，出发，回拉萨。

通常出门十六七天后，人会出现疲劳期。这时，对整个旅途生活已经适应，并有些麻木了。

走 G318 回拉萨，沿途可以看到好多大小寺院的指示牌。路过日喀则很有名的扎什伦布寺时，停住车，犹豫着要不要驱车前往。逛了大昭寺和布达拉宫后，我已没有特别想进寺院的欲望。并且今天人有些懒，加上天气好，沿途都是美景，还有寺院或许又不让朱旺进而让我多费口舌，便决定不去了。

回拉萨的途中很悠闲，一路走走停停，拍照休息。朱旺已习惯了摆拍，只要将它一固定，说"不要动，我给你拍照"，它就蹲在那里，歪头咧嘴笑，不管是否疲惫。其实从照片上看，旅途中，它和我一样疲惫。

下午 3 点多到达拉萨，太阳好烈，拉萨好热。小侯老板给我留了间带客厅的房，不错。只收我 120 元。

洗了个澡，在客厅里晒太阳、上网。

　　明天要走著名的青藏公路，要经过念青唐古拉山，要去西藏三大圣湖之一的"纳木措"，晚上停在那曲。那曲海拔4507米，按路程，避不开这个地方，必须在这里歇一晚，然后穿越可可西里无人区出西藏到格尔木。

　　那曲海拔高，我心里有些不踏实。有网友说在这里高原反应严重、住宿条件差、晚上冷。于是，我预订了间条件稍好的宾馆。

　　一个女友听说我要穿越可可西里无人区，很担心，说既然这么危险，你就原路返回好了，反正返回的路你也走过了，有经验。

　　我无言以对，这是个善良的女友，她是好意，她关心我，但她不知道原途返回更危险。并且这个时候，怎么能回头。

　　有件事很有意思，因为这趟旅途，和朋友们一下子走得很近。大家时刻关注着我的行程。看到朋友圈里的留言，很温暖。

从日喀则一路美景回到拉萨。

整理车子里的食物，发现带得太多了，只吃了三分之一。还是没有找到手台，我肯定是带了的，可是小小的车里翻了个遍，竟然没找着。难道被朱旺弄丢了？可可西里无人区，手机应该没有信号。那时，手台可能会有些用。

一位朋友比我还着急，让我再找找，说如果找不到手台，你跟个车队吧。这样，会安全些。

哪有那么多的车队让我跟着。再说，穿越可可西里无人区是后天的事。

明天，是去纳木措。

朱旺一定是累坏了，我上网的时候，它在我旁边睡得一塌糊涂。今天是 6 月 24 日，出门的第 17 天，接下来如果顺利，按计划 7 月 1 日就能回到北京，那应该是一周后。

准备早点睡。

明天一早出发。

☀☀☂☁

21 因果纳木措

2014 年 6 月 25 日，出门的第 18 天。

这一天我被惊到了两次。

首先是去往纳木措时，车在海拔 5000 多米的雪山上熄火了，那一刻我被惊到了。其次是我被纳木措的美景惊到了。因为纳木措那绝美之景，我将前面车的熄火视为敬仰圣湖所必经的磨难。

万物皆有因果。

纳木措用什么言语去形容她的浪漫和美丽都不过分。

关于纳木措和念青唐古拉山的爱情传说有很多的版本。他们是一对降落凡间的神侣，相知相爱。念青唐古拉山冰川融化的雪水形成了今天的圣湖纳木措。

在西藏，念青唐古拉山是著名的"护法神"，而纳木措有"天上神湖"之称。

天气预报提示6月25日，当雄最高温度20度，有阵雨。

当雄是去往纳木措的必经之路。

出发前，有网友建议我：如果下雨或者下雪，不要去纳木措。说下雨或者下雪那根拉山口可能会有大雪，路不好走，而纳木措湖边也特别容易陷车。

但我想，经历了"雅安烂泥路""通麦死亡之路""墨脱飞檐走壁之路"后，我无法想象西藏还有更烂更危险的路。

我决定按计划出发。

早晨5点就起了，朱旺很乖，快速地上了厕所，6点10分，我们就出发了。出发时，拉萨的天还是黑的。往藏北走青藏公路。我已习惯了在检查站停下来接受检查，开限速单。

藏北草原绵亘蜿蜒，蓝天、白云、雪山，没有尽头的美景。奔跑的牛羊，金黄色的草地，我经常会将车停在路边，拿起相机就拍。都不知道拍了多少，感觉拍不够。

在西藏并不是每个县城都有加油站，有些小县城并没有加油站，但基本能保证百公里左右就有一家中国石油加油站。

据网友说以前有很多私人加油站，油品的质量都无法保证，有些油加了后对车损伤很大，有时会在途中熄火。我算是幸运的，我

拉萨去往纳木措国家公园途中。（行车记录仪拍） ◉

自驾西藏前，中国石油垄断了西藏加油站，逼迫着私人加油站或改行或被收购。

当雄中国石油加油站算是较大的加油站，里面排满了车。在西藏加油都必须登记驾照、身份证、行驶证。这个时候就显示出人多的优势，可以一个人登记，一个人开车排队加油。我独自一人很吃亏。我通常将车停在一边，先去登记然后再来排队加油。

因为加油人多，登记处也是很多人在排队，我好不容易登记完出来排队加油，去拿发票的工夫，有一辆川籍越野车插到我的前面。我本想上前理论，后一想还是算了，但心里还是不舒服，毕竟排队好久。我便跟加油员抱怨："你看到我排了这么长的时间，你还让人加塞儿。"

加油员说："下次让他还你。"

"还有下次。"我嗤之以鼻。

川籍车主看了我一眼，大概也觉得不好意思，赶紧开车走了。

从当雄开往纳木措的途中天就阴了。

纳木措门票 120 元一张，进门后不久就是上山的路了。我知道这应该就是海拔 5190 米的那根拉山。向上爬的过程中下雨了，很冷，雨水中似乎还夹杂着冰雹。我关上车窗，打开暖气，我知道爬雪山都会这样，一会儿晴，一会儿雨。"朱二黑"又爬不动了，一路上，很多的车超过了我，我拼命踩油门也不过 10 迈。我有些烦躁，我关了暖气，不想给汽车增加过多的压力。

突然想起在去羊卓雍措的途中，那个山东车队的男子告诉我的绝招，说遇到这种情况给油箱放点气就好了。后来我明白，在海拔 5000 多米的半山腰上，是不能熄火的。但当时，真的就是鬼使神差、脑袋进水，我都没有细想，就熄火下车，给油箱放气。只是再上车后，怎么也打不着车子了。这时，我才醒悟，自己犯了大错，在这种高海拔山区，油箱缺氧，根本就不能熄火。

我很慌乱，有些受惊，这是出门来第一次车发生故障。坐在车里，朱旺的汪汪叫声让我更烦。我看到它，想揍它，但还是忍住了。我冷静下来，安抚朱旺不要乱叫，我想着对策。打 122、报警、等车救援？首先，不能让自己冻着，不能着急，不能高原反应。

手机一时没有了信号，我又有些慌乱。车外狂风夹杂着细雨，很冷。我开始冒雨下车求助，拦了很多辆车，没人理。警车也不理我。我想也不怪人家，或许现在不是他的工作时间，我又没报警。

我又坐回车里，让自己暖和些。一再提醒自己冷静，多大的事啊，不就是熄火了吗？人没事就行。我将手机关机重新打开，手机又有了信号。我发了条微信，告诉朋友们我困在了那根拉山半山腰上。

报警前我打算再拦车看看，结果刚一下车就看到在当雄加油站加塞儿的那辆川籍越野车。很奇怪他怎么会在我后面，有印象他先开车走的。

川籍车立刻停了下来，听我说明情况后，开车的陈先生说，高海拔上开车不能熄火，汽车也缺氧。他说他帮我把车拖到山顶，再往下通过惯性应该就能打着火。我忙点头，我不懂，只能看着他找出拖车绳拖住我的车。我和陈先生在车边忙的时候，朱旺在车上看着，我发现一旦有紧急情况，朱旺是不乱叫的，包括陈先生在我车

在纳木措翻越海拔 5190 米的那根拉山时，"朱二黑"熄火了，是这位川籍陈师傅帮忙牵引拖车到山顶后打着车的。

前指导我将车挂一挡跟着他。

陈先生的越野车拖着我的车快到山顶的时候，我突然能打着车了，我按喇叭告诉他。停车后，我谢过陈先生，给了他一包烟，他坚持不要，我还是给他了。小小的谢意，不算什么。陈先生没有立刻走，他开着车在前面不远不近地看着我的车，他说只要熄火你就打双闪灯告诉我。但在到纳木措前，我都没敢再熄火。

事后想想，有些事真的是因缘巧合，或许因为我让他先加了油，所以他要还这么一个人情与我。不过，世上还是好人多。我坚信，保持一颗善良的心，一定会平平安安。

接下来，纳木措的美惊到了我。

我真的惊呆了。

过了那根拉山口后，就可以看到纳木措了。远处，就在你的头顶，就在四周，一大片蓝色，我立刻惊到了，呼吸都急促了。但肯定不是高原反应，而是激动的。有那么一段时间，我任由车缓慢地下行，沿着宽大的柏油马路，向那天边的蓝色驶去……我忘记了时间，忘记了刚刚受到的惊吓，只是傻傻呆呆地看着。

看到前面有人拍照，我这才想起来，拿手机、相机胡乱地拍照，不用调光，不用取景，就傻瓜式地拍照。因为你所看到的除了美景，没有其他。

有人说美得让人窒息是形容景色的绝美。可是纳木措的景色何止是让人窒息，我已经无法用言语来形容她的美。

这肯定不是人间。纳木措是天上神湖。

这个时候，就觉得从北京开车到这里，无论经历了怎样的磨难都值得。我打开 CD，开始慢行，欣赏美景。后来回京后看行车记录仪录制的纳木措途中的景色，却发现天淡淡的蓝，远没有亲临现场的那种绝美之景，就决定要配些更好的摄像器材。

路上车不算多，但每辆车都是走走停停。去往纳木措的公路修缮得很好，沿途专门有为车辆预留的取景地。但不好的是，一停下车就立刻有藏族小孩跑过来，要东西，要钱，要你付费合影。所以，有时，想静下来看看景色也不行。不想被小孩子纠缠，拍两张照片就上车走人。

在一个取景地，刚停车，一个十七八岁的藏族女孩从蒙古包里急急忙忙地抱着一个扎着红头巾的小羊羔跑过来，她说和小羊拍照，五元。偏偏这时，我正抱着朱旺请其他游客帮我们拍照。女孩问你的羊怎么是这种颜色。我笑着说，我可以把我的羊借你拍照，不收钱。

纳木措湖面海拔 4718 米。车要停在一个固定的停车场里，然后走约 200 米到湖边。

到这里时，已是中午，我又有些胸闷，但还是背着朱旺拿着相机奔湖边而去。

纳木措是蓝色的，在不同的季节、不同的位置，她所呈现的是不一样的蓝色。

风很大，越走近纳木措，湖水越蓝，蓝得清澈，蓝得润肺清心。我有些恍惚，额头上涌出了汗珠，我就要走到纳木措了，我却走不动了，头晕眼花。我找了个石头坐了下来。我放开朱旺，让它自己跑着，我拿相机追着它拍。休息了一会儿，我接着走。走得很慢，我是一定要走到湖边的，远远地，看到那波光，感觉心一下子空了……

◉　　纳木措途中。

　　我想找个人帮我和朱旺合影，却发现相机没有内存了，手机没电了。突然好悲伤，一个人走到了这里，纳木措，你却不愿意与我们合影。

　　或许是大风的原因，有泪水顺着眼角流了下来。我明白为什么纳木措有个如此美丽而忧伤的名字"天神的蓝色眼泪"。

　　我落泪了。

　　终究还是和你没有缘。

　　离开纳木措回到当雄，再次加油后，沿着青藏公路去那曲。今晚打算住在那曲。

　　青藏公路也很美，只是我已经审美疲劳了，再看蓝天白云，也不惊讶，也没有拍照的欲望了。

青藏公路不像 G318 公路在山里穿行，要翻山越岭。青藏高原的山不高，视野宽阔，公路两旁是一望无际的平原。但停车休息时一定要找专门修缮的停车区休息，切不能找块空地就休息。因为公路两旁的土很松，我就是在一个公路旁休息时，车轮陷进土里一半，差点没出来。

在一个休息区休息的时候，一节节漂亮的绿皮火车突然出现在我的视野里，它横穿青藏高原，在空旷的藏北草原上，异常醒目。它太漂亮，它似乎有意缓慢地穿过这里，让更多的旅客能够一睹青藏高原的美景。

我在远方，一直看着绿皮火车消失在视野里。

那曲镇海拔 4507 米。到达那曲的时候是下午 5 点多钟。我没打算在外面吃饭，很多网友说在这里高原反应了。我打算买点水果回酒店泡面吃。但朱旺见餐厅就进，吼它骂它，从餐厅里拖了出来后，它又跑进一家餐厅后就趴在地上不走了。这家餐厅的老板很聪明，叫住我说它饿了，就在这里吃吧，很经济实惠的。我就不好意思走了，我倒不在乎是否经济实惠，我就怕高原反应。

我没打算点肉菜，但老板拿出两块排骨给朱旺吃，我就只好点了一个烧排骨。

吃了饭，回到酒店，提醒前台服务员明早 4 点 30 分叫我起床。因为明天要穿过可可西里无人区，要赶到格尔木。明天要开 835 公里。

准备早点睡。明早 5 点出发。

今天是出门的第 18 天，是个瓶颈。

躺在床上，我有点想家了。

☀ ⛅ ☔ ☁

22
穿越可可西里无人区发生的糗事

这天，我在日记中写道：

2014 年 6 月 26 日，今天是出门的第 19 天，今天是
最危险的一天。将翻越海拔 5231 米的唐古拉山口，进入
生命的禁区可可西里，长江的主要源头之一。

可可西里无人区，是世界第三大、中国最大的一片无人区，也

是中国最后一块保留着原始状态的自然之地。这里虽然气候恶劣，但却是野生动物的天堂。

然而这天，发生了一件很糟的事。如果我年轻十岁，肯定不会写这件发生在穿越可可西里无人区时的糟事。

那曲的夜里睡得并不好，特别冷，临睡前将另一张床上的毯子拿过来盖上。毯子太重，冷暖不均匀，并且经常堆在一边。晚上感觉到冷时，便在被子里用脚将毯子弄平，但猛地一使劲就听到"咚"的一声，有什么东西落地了，突然想起是朱旺。它现在见我躺下便自己在床上找地方睡，窝在脚边，或什么地方。刚才它一定睡在被子上，我这一抖将它抖地上了。忙起身找，片刻，见一晃悠的身影睁着懵懂的双眼迷茫地走到床边看着我，忙抱起它揉着，看看有没有什么地方摔伤了。

接着睡，但朱旺再也不上床了，回窝里老实地躺着。

还是睡得不踏实，夜里醒了几次。胸闷，起床含了十粒复方丹参滴丸，胸口舒服多了。4点30分，闹钟一响就起了。清理东西。其实大部分东西昨晚已归整好，早晨主要是收纳充电器和手机等物品。

快5点的时候，听到敲门声，接着是服务员的声音："对不起，姐，我睡过了。"

我说没事，我上了闹钟。我已经起床了，谢谢。

吃红景天，喝葡萄糖。5点抱着朱旺下楼了。结账，安装好行车记录仪等设备，泡好茶，5点10分，出发。出发前，又含了十粒复方丹参滴丸。

四周很黑，极少的几盏路灯。独自一辆车上路，我好像从没有害怕过。今天一天要开835公里，晚上要赶到格尔木。检查站里的

◉　清晨上路，青藏公路。

警察正熟睡着，我敲窗叫醒他。他半睁着眼，看我一人，签了张纸条就放行了。

　　青藏公路没有路灯，四周一片漆黑，没有同行的车，只有车灯照着的路面蜿蜒向前。青藏高原辽阔宽广，开了没多久，天边就有了亮光，天像拉开一道口子一样，先是一丝细细的长线，接着中间的口子向两边扯着，随后越来越大，天就亮了。

　　天亮后，陆陆续续地有车辆经过，但都是快速地擦肩而过。

　　7点的时候，我有些饿了，毕竟开了近两个小时的车。我找了一个宽敞的路边停下来，没有下车，车外还是很冷。我就坐在车上吃早餐，给朱旺吃肉肠。

　　青藏公路经常几十公里看不到一个人，偶尔经过一辆车都会让我很激动。一辆藏牌车从后方而来停在我的车旁，车上人没有下车，只是按喇叭。

以前碰到这种情况我会立即开车走，我也害怕碰到歹人。但现在胆子越来越大了，我正吃了一半，懒得理他们，继续吃，喝红牛。这时，车上下来一个男人。我也不管好人坏人，锁紧车门。我想如果情况不对立刻开车走人。朱旺见有陌生人过来，狂叫着在车里前后地乱跳。

男子走到车前，示意我摇下窗，我不理，安抚着朱旺，继续吃早餐。他对着车窗大声说"将车开走"。我立刻明白，是不让我停在路边。西藏管得很严，青藏公路管得更严格，整条公路都在监控之中，害怕有人捣乱使坏，所以不准长时间停在路边，特别是早晨。

我用手势向男子表示，喝完红牛就走，但那人摇头，让我立刻走。我便不喝了，发动车子走了。

天晴得透蓝。

青藏公路是一条极美的公路。

抬头是蓝天白云，远望是青草黄土地。风轻云低，一眼望不到尽头的公路带着你向天边翱翔。这种美景也只有行驶在路上才能看到。抬头回头，左左右右，从前看，从后视镜看，都是蓝天白云。有时一上山，呼地出现在你面前……而下山时，一望无际幅员辽阔的青藏高原瞬间铺满整个视野。

又遇到山东车队，打完招呼后，他们说我挺快的，竟然在他们前面。我说我没有去珠峰大本营。山东车友提醒我过可可西里无人区时，不要偏离公路，也不要下去走得太远，因为有狼，还有很多带攻击性的野生动物。我谢谢他们的好意，我想要不要告诉他们我在去纳木措的路上，因为听了他们的建议给油箱放气而熄火的事。后来，我没有说，一是事情过去了；二他们也是善意的建议，怎么做是我自己的事。

到唐古拉山的时候，我觉得自己已经适应了高原反应。在这里，我没有气喘和不舒服。但山顶风大，我给朱旺摆拍了些照片后，又休息了一会儿就离开了。

　　欢迎来到藏羚羊的故乡——可可西里。

过了沱沱河小镇后不久，下午约 1 点钟的时候，我进入了可可

◎　美艳绝伦的青藏高原。青藏公路经常几十公里看不到一个人。我成了名副其实的"独行客"。

西里无人区。先看到这块路牌，接着又看到一块路牌，上写着：

可可西里野生救助中心195公里

索然达杰自然保护站195公里

电话：0979—8416301

看到这个牌子，我放心了。我知道离这里195公里有服务区可以休息。我下意识地拿出手机，正准备看时，突然又看到前方不远处有一座中国移动高高的放射塔，我笑了，更放心了。果然，手机有信号。随后，隔几十公里就有一座中国移动的放射塔。看来中国移动垄断了西藏的电信，而中国石油垄断了西藏的加油站。

我忙发微信报平安，告诉大家，一切安好。手机有信号。

一位朋友微信我不要贪玩，不要在可可西里逗留，早早地穿过可可西里，尽快赶到格尔木，向大家报平安。

然而接下来，我想在可可西里逗留都不太可能。我迫不及待、快速地穿越了可可西里。

进可可西里前，我还计划着拍藏羚羊、野驴、野牦牛、鼹鼠等野生动物。刚开始也的确开得很慢，找野生动物。将相机放在手边，随时准备拍照。

路上车不多，偶尔经过的几乎是旅游的自驾车。大家都开得很慢，向四周寻找着野生动物。整个可可西里视野广阔，一马平川，远远地只要有动静都能看见。野牦牛！我看到野牦牛了。我停车拍照，还给朱旺摆拍。拍了一会儿后提醒自己不能贪念路上的野生动物和美景，一个人还是赶路要紧。但很快又会忍不住停下来拍照。

开了有十几公里后，不知道是头天吃了排骨，还是早晨喝了凉凉的红牛的原因，我开始肚子痛，先是隐隐的，随后就像肚子里有一股气出不来一样，胀得痛。这时，我就顾不上看风景找野生动物了，只顾开车往前。

又过了好一阵子，肚子不痛了，但却有想上厕所的感觉。我四下看看，一望无际的高原上哪里有厕所。我想忍忍，可能就不想上了，但越忍越想上厕所。我边开车边琢磨，或者就随便找个路边解决了。趁现在没有车过来，我停下车，准备以车为障碍物解决问题时。但车刚停下，后面就有车过来。我只好上车，等那辆车离开。那辆车也是讨厌，偏偏停在我的旁边，有人下车拍照。原来是看到了野驴。

我很着急，越着急越想上厕所，似乎憋不住了。

我是没有心思再拍什么野驴了，发动汽车，离开。前面下到平原处有座小桥，桥下或许可以解决，但一想也不行。这个高原上，没有遮挡物，很清楚可以看到桥下的一切，并且，我要穿过很长的草地才能到那座桥，中途碰到狼怎么办？

终于，四周又没车了。我忙下车。真是忍不住了。但还未跑到路边，一组四辆车的小型车队开了过来。我忙靠在车边，这时憋得好痛苦。一个游客问我："你是一个人开车来的？你胆子真大。"

我咬牙，我急得汗都出来了，我说不出话来，只是点头，只是希望他们快点走开。我觉得自己好丢脸。

他们没有想走的意思，打算就地休息。我只好上车，再次快速离开。

我开车在青藏公路、在可可西里无人区里快速穿行，开了多久不记得了。突然，一座低矮的平房出现在我眼中，那是公路维护站。我加油提速，想都没想就将车开到维护站门口，将朱旺锁在车上捂着肚子就往里跑。有人叫我："干什么，这里不能停车。"

我边跑边问："肚子疼，有厕所吗？"

那人刚说"没有"，从里面出来一个叼着烟的女人，看我的样子立刻明白了，说："快去，最后边，右手就是厕所。"

我来不及谢，向后面跑去。

上了厕所出来，舒服多了。找到刚才那个女子，谢谢她。她很大气地挥挥手："嗨，人有三急，没什么。"

瞧，我总是遇到好人。

但这里也要说说，可可西里近 200 公里长的一段自驾路，既然修了路，也应该修个卫生间才是。想想，那么空旷辽阔的地方，谁敢大白天"方便"啊。

我又开车上路，但没开多久，肚子又痛了起来，看来真是拉肚子。我已无心再看什么野生动物，只顾开车，坚持到了可可西里沱沱河服务区。这里有厕所。

接着，很快，我、朱旺、"朱二黑"就出了可可西里。

☼ ⛅ ☂ ☁

23 让你飞起来的青藏高原

青藏公路始于西宁，止于拉萨，贯穿整个青藏高原。

从念青唐古拉山以北开始，有 60 多万平方公里的地方人迹罕至，这一片被称作"藏北无人区"。

藏北无人区高海拔，只有经过村庄时才看得到人，这样的地理环境，独自一个人一辆车自驾穿行，不由得让人对安全有很多的疑虑。其实安全是不用过多担心的，只要你不怕寂寞，不怕一个人上路。

一上路，就美得惊艳。这只是开始。

161

一路景色太美，所以，我经常停下来拍照。

162

随手一拍都像明信片一样。

163、164

去往羊卓雍措的路上，美得一塌糊涂。

165

有人抱着小羊供游客拍照。
我有朱旺，比羊还漂亮。

166

因为刚下过雨的原因，羊卓雍措
在一片雾气中。

167

远观羊卓雍措。

168

我没有洗车，但"朱二黑"到达羊卓
雍措时竟然如洗过般漂亮。

169

抱着朱旺来张合影。背后是
羊卓雍措。

170
―――
171   172

170

离开羊卓雍措，去日喀则。

171

路上偶尔也能看到油菜花。

172

中国最美的公路有没有。

173、174、175

去往日喀则的路上，天气像一对纠结闹脾气的小情侣。车在盘山公路上行驶，经常这边山中蓝天碧海，而那边山中暴雨连绵。一会儿大雨滂沱，一会儿晴空万里，接着又下雨还有冰雹，真的就像一对热恋中的小情侣，逗嘴闹情绪。

176
我们离开日喀则了。依旧摆拍朱旺。

177
日喀则回拉萨走的是老318国道。

178

请人帮着和朱旺合影。

179

回到拉萨，还是住的那家藏式客栈。小侯老板给了我一间带客厅的房间，只收我 120 元。

180

路边休息的"朱二黑"。

181

早晨阳光照射下远山的金顶。

182

朱旺和"朱二黑"路边合影。

183

翻越海拔5190米的那根拉山时，"朱二黑"在半山腰熄火了。幸亏遇到了这位川籍陈师傅，他帮忙拖车才打着火。(行车记录仪拍)

2014/06/25
09:20:12

184

纳木措的美惊到了我。

185、186

纳木措的景色何止是让人窒息，我已经无法用言语来形容她的美。

182 | 185
183 | 186
184

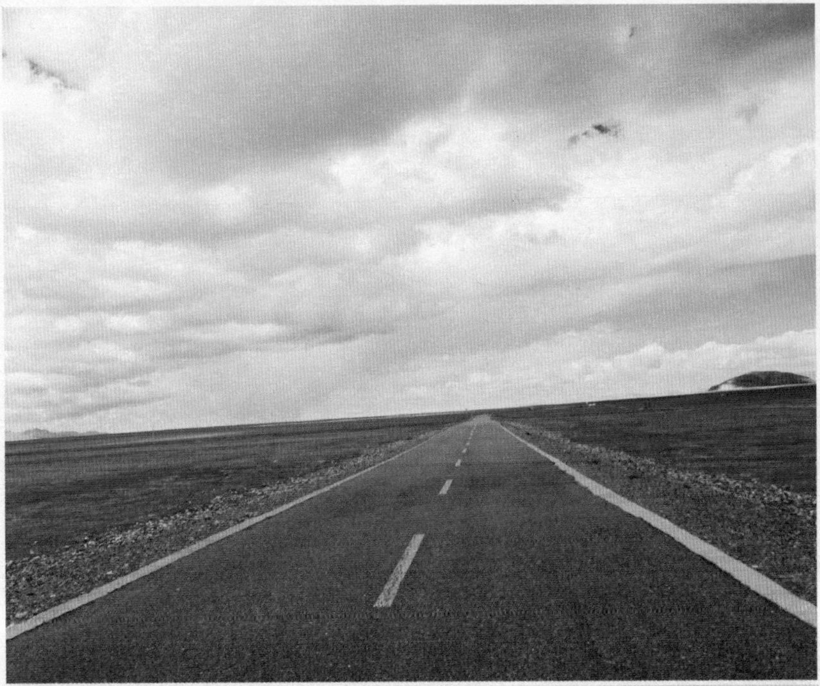

187、188

抱着朱旺合影。

189

离开纳木措，回当雄的途中。

190

穿过青藏公路的绿皮火车。

191

青藏高原。

187

188

189

190 | 191

192

青藏公路也很美，只是我已经审美
疲劳了，再看蓝天白云，也不惊讶，
也没有拍照的欲望了。

开着车沿着青藏公路在青藏高原上行驶，有好多次，我的余光看到前方不远处，有个黑乎乎的物体一动不动。直到有一次停下来休息时，我才发现那黑乎乎的物体是一个全副武装的、头戴钢盔的武警特警。所以再往前开时，我就留意了，不仅相隔百米就有一名全副武装的武警特警，而每个大小桥墩下都有搭帐篷 24 小时的守桥护卫。后来，我给一个朋友发微信，让他放心，青藏高原非常安全，不仅有武警特警，还时常能看到一辆辆军车与我擦肩而过。

对于路况，青藏线比川藏线好开得多，但不知为什么那么多的网友说青藏公路更危险，更容易高反。我想大概是因为青藏公路的平均海拔 4300 米以上，对于初次进藏的人来说很容易高原反应。不像 G318 高高低低，起起伏伏，人逐步适应了高海拔。

可可西里并非绝对的无人区，至少可以看到很多自驾的车辆，偶尔还有成队的军车经过，还有武警、有修路工，公路维护站里也

可可西里无人区到了。

○　藏羚羊和野驴。

有工人。自驾穿越应该是没有问题的，但对于那些徒步和骑行客相对艰难些。

青藏公路全是柏油马路，视野宽阔，唯一不同的是：青藏公路看似一条平直的马路，但开到其中就知道整条公路并不平整，很多路段起起伏伏，高高低低。碰到这样的路段，车开到高处又下落到低凹处时，因车速的原因，车就会弹起来，而车里的人也会跟着屁股离开了座椅弹跳起来。这样的路段可可西里最严重。

到达可可西里时是中午，气温高，天气热，朱旺也累了，它在后座的行李包上熟睡着，除非我停车，或有人来，它才会从后座上跳到副驾驶上。我因为赶路，车速基本保持在五六十迈之间，于是，经常地，我整个人在起伏中跃起，特别是下坡的时候。而在我跃起的时候，朱旺也经常从后座行李包上弹跳起来，落到副驾驶座上。第一次，它被弹起跳到副驾驶座后，很莫名地看看我又看看窗外，不理解自己怎么跳到这里来了。然后它又回到后座上接着睡，但随即又一弹，它又被弹到副驾驶座上，它就开始疑惑了，以为我是故意逗它……后面朱旺习惯了，似乎喜欢了这种弹跳，站在后面有时期待着车弹跳起来，它好跟着一起跳跃到前面。而跳到前面副驾驶座后它会立刻又回到后座继续等待着下一次的跳跃。有时，它在往前面跳的过程中，身体会失衡，这时，它会用左前爪撑一下我的右肩，然后落在副驾驶座上。

后来，我们就这么一路玩着，一路飞出了可可西里。出了可可西里休息时，我发现后备厢里装食物的盒子盖都因弹跳而打开了，这个盒子里的食物跳到了那个盒子里。

过了可可西里发现汽油只剩下四分之一了，而前方似乎看不到有加油站。我有些着急，有人告诉我，青藏高原是高海拔地区，车很省油，我的车开到西大滩没问题。

西大滩是可可西里后第一个县城，那里有加油站。

出可可西里时，是下午3点多钟，此地离格尔木不到200公里，我想晚上应该可以赶到格尔木吃晚饭了。有网友说格尔木的羊肉便宜，正好，可以和朱旺吃点烤羊肉。但没想到的是，在去往西大滩的路上，堵车了。

因前方修路，所有出可可西里的车全堵在了这里。这一堵近两个多小时。

不可能再赶到格尔木吃羊肉了，我和朱旺也没有特别着急，何况有这么多的车辆陪着我们。大概也是因为出了可可西里，人很放松。和朱旺坐在车里，发微信，吃饼干、牛肉干，等待通车。我想，如果天晚了，在西大滩找个地方住一宿，明天再赶到格尔木也行。吃东西的时候，我注意到停在我前方的一辆渝牌车里是一对年轻的男女，另一辆粤牌的车上，有一条金毛，还有一辆川牌的面包车，车上是年老的父母和儿子、媳妇共四人。

这段路直到晚上6点半才通车，车流缓慢地挪动。终于过了堵车地，过去后就看到了一个加油站，所有刚刚穿越可可西里的车辆都停下来加油。我看着长长的加油队伍，忙拿出驾驶证就要登记。加油员说不需要登记。我很疑惑，忙问为什么不登记，油有问题吗？

加油员笑着说，这里是青海，不是西藏，不需要登记了。

啊——那就是说，我已顺利离开西藏了。我一下子有些释然。

去往西大滩的路上，有些路段塌方修路，路时好时坏，所以这一路，大家走走停停。我总是能看到那几辆车。粤牌的、渝牌的、川牌的……我们一前一后，相伴着赶路。后来天黑了，气温下降。快9点的时候，到达一个小镇。我看到粤牌车停下了，渝牌车也停下了，于是我也停下来休息，后来川牌车也停下了。车外风出奇地大，吹得胸口都是痛的。我穿鹅绒服的时候，看到川牌车的四个人将车停在一家招待所门口，大概是打算住下。这是什么地方，我想干脆我也在这里住一夜好了。渝牌车上的那对年轻人也下车去问住宿的情况，我锁上车抱着朱旺跟了上去。

这是个极小的镇，就一条主街，街边几家招待所，而几乎每家招待所的住宿都是一样的。提供一个大棚，棚里一个大炕，可睡10至15人，一个人发一床被子，自己睡自己的，一晚上50元。几乎所有的自驾车主看到这种住宿条件后都想走，反正我是立刻带上朱旺走了。我觉得不单单是住宿条件问题，这里海拔太高，我就下车走了几分钟的路，胸口极闷，喘不过气来。

我继续开车上路。

天黑下来了，车开到哪里已经没有意识，只是往前开，跟着前面的车。

四周没有人烟，每辆车都开得很沉默。感觉在爬山，气温越来越低，将暖气打开，这时已是晚上10点。山里黑压压的一片，路很陡，爬坡、上山。突然，车在翻过一座山崖后，一拐弯，一大片白色扑面而来，两个巨影，很震撼，着实惊了我一下。我呼吸都紧张了，眼睛怎么也看不清前方的巨影是什么，像云？像山？像雾？快到近前时，发现是座雪山，并且离我很远。这时，我还在疑惑，这是什么地方？后来想，或许这一天，我开车的时间太长了，我都忘了我的行程里是有这个地方的。我很久以前就有计划要来这里拜访的，我却忘了这个地方，直到突然出现了一座山名、两座雕像，我才猛然醒悟——昆仑山到了。

我是一直计划要来昆仑山拜访昆仑神的，然而，却是在晚上开车经过了这里。

"真的抱歉，昆仑神，我现在不能停车。我一定会找机会再来昆仑山拜访！"

我边开车边念叨着，请昆仑神保佑我平安离开这里。

车灯扫到路边站着一名挥着白毛巾的男子，他的车坏了，他挥舞着毛巾，希望有人能停下来帮他。他真是倒霉，没有一辆车停下。晚上 10 点多钟，在昆仑山上，谁敢停下车来。

到西大滩时，已是晚上 11 点，我边开车边犹豫是否住下。住下，就要往镇里面开。想想，继续向前。直奔格尔木。

奔格尔木的路也是在山林中穿行。这条路，没有路灯，山路崎岖，所有开车的人都很谨慎，都格外小心。

我也是，麻木地跟着导航仪。我突然明白很多人都知道夜里尽量不要开车，但为什么有时一定要在夜里赶路呢？真的是开车时间长了，麻木了。

我麻木地开车。其实这个时候是很危险了，一旦出事就是大事。可是为什么停不下来？是什么力量驱使我一定要往前开，直达格尔木。我也不知道是谁在暗中保护着我，一路开到了格尔木。

夜里 12 点 5 分，我、朱旺、"朱二黑"到达格尔木预订的酒店。还不错，房间很干净。刷牙洗脸，发微信报平安，给朱旺盆里倒满狗粮后，我倒头便睡了。

☀ ⛅ 🌧 ☁

24

梦里的昆仑山

夜里梦到了昆仑山，梦到了一只雪豹，寻找着那朵雪莲花。

永远的记忆里，都有昆仑山，在我心里，这是一座神山。

很多年前，我在身上文了一只雪豹。挑选它就是因为看到一只在昆仑山的雪地中奔跑的雪豹。在我的记忆里，这只雪豹属于昆仑山。

昆仑山是我梦中的地方。

自驾西藏前，我曾经想在身上文一朵雪莲花，因为我知道这趟

○ 夜里 10 点经过昆仑山。

旅行要经过昆仑山，而雪莲花是昆仑山独有的。但后来，因没找到特别合适的图案而作罢。

2014 年 6 月 26 日，北京自驾西藏的第 19 天，却是在夜里 10 点多经过了昆仑山。

我特别抱歉，责怪自己没有在白天拜访昆仑山，而是在夜里经过了她。昆仑山有我记忆里太多的梦想。

那个夜里，经过昆仑山的时候，我边开车边请昆仑神原谅，我承诺一定会找机会再来拜访。

我相信昆仑山中一定有昆仑神存在。我相信在那样的夜里，那样陡峭崎岖的山路，那么高的海拔，那么快速地开车……我能顺利地到达格尔木一定是有神在护佑我。

　　万物形成山形成海洋形成土地……形成你我，都是有天意的安排和所应担当的责任。

　　所以对没能亲自拜访昆仑山致敬昆仑神，我一直内疚和自责。

　　希望她能给我机会再次拜访她。

　　但是，第二天，车坏了。

第 **20** 天

格尔木

海拔**2895**米

羊汨夜　卡日囉则

拉萨

泽当　　　纳木措

当雄

墨竹工卡

加查　米拉山

那曲

工布江达

比如

米林

八一镇

林芝

南迦巴瓦

通麦

波密

丁青

中坝

然乌

类乌齐

八宿

昌都

东达拉山　邦达

妥坝

卿巴山

拉乌山

宗拉夷山

江达

德格

德钦　盐井

芒康

巴塘

雀儿山

得荣

海子山

玛尼干戈(新路海)

乡城

稻城　理塘

甘孜

日瓦

剪刀弯子山　罗锅梁子山

炉霍

亚丁景区

雅江　高尔寺山

道孚

新都桥

塔公

丹巴

折多山　康定

泸定

小金

二郎山

日隆

雅安

成都

25 遇阻青海湖

万事有因就有果。

2014 年 6 月 27 日，我、朱旺、"朱二黑"，一个人一条狗一辆车，北京自驾西藏的第 20 天。这一天，出了旅途中最大的一件事，这件事对于我和朱旺来说是一劫——"朱二黑"受伤了。

早晨 7 点习惯性地醒来，躺在床上略有些得意，知道自己在格尔木的酒店里。知道自己征服了西藏，征服了高原反应，征服了墨脱，征服了可可西里，征服了种种烂路……今天要去青海湖休整。

酒店停车场里好多车都脏死了，大概都是从可可西里出来后，遇到各种烂路，一路坚持到达了格尔木。

地有些湿，想是夜里下过雨。今天是阴天，应该还会下雨。

格尔木的海拔 2895 米，犹豫要不要吃红景天和葡萄糖，最终只吃了红景天。

氧气罐并没有用上，整个青藏线似乎就没有想到要吸氧。估计这是一个人开车的缘故，没有机会去想其他。

离开前，车钥匙不知去向，狂吼朱旺，小东西吓得躲在门边，不敢出声，也不敢跟着我。直到我向它伸出双手，它才委屈地扑进我的怀里。

有时，觉得自己很粗暴。

其实，此刻，我还是有些恍惚。

穿过酒店大堂的时候，服务生看到朱旺意外而欣喜。有人开玩笑让我将它留下送给他们。我笑说这是我的保护神，不能送人。

车太脏，找地方洗车加油。问路的时候，回民的眼神让我紧张，远没有藏民眼里的温和。而多数人怎么问都不理我，我也没敢多问人。在路边买了个西瓜，15 元钱。这时就看到了洗车的地方。

其实没必要洗车，因为天正下着小雨。但人这个时候不是得意吗？顺利离开了西藏，离开了高海拔，按计划去青海湖休整三天后，我就和朱旺回北京了。到那时，这次西藏自驾之旅就圆满结束了。想到这，整个人得意而轻松。

格尔木至青海湖 680 公里，因全程高速，所以我一点也不紧张，也不着急赶路，11 点多才缓慢地进入高速。

天下着小雨，高速路上，阴霾的天却给人不一样的美感，眼里每每看到的景色都如画般。原本在青藏高原审美疲劳的我再次惊叹。一路走走停停。给朱旺摆拍。

高速路上风大，但很柔爽，远不像青藏高原上的凛冽。

这是一条新修的高速，真正的平直、宽阔，三条车道。刚进高速时，我还有些不习惯，脑子里全是川藏的烂路和青藏高原颠得让人飞起来的公路。

这条高速路上车极少，偶尔跑过去的车看着好眼熟，立刻想起川藏路上见过这辆车，可可西里见过那辆车。有的车经过"朱二黑"

○　在青海湖的高速路上休息。朱旺——永远的陪伴和模特。

时狂按喇叭，正怀疑自己有什么交通违规时，再看那辆车突然想起青藏公路上见过……所以这趟西藏自驾之行，其实并不寂寞，好多的车和我一起在走。我们默默地相熟，只是不打招呼而已。

买的那个西瓜其实很小，但我一个人吃也很费劲。吃不了多少，又舍不得扔，强行喂朱旺吃了几小块。要说，朱旺真是条乖狗，除了见陌生人爱叫外。它太听话，太顺从我。我的一举一动一言一行，全在它的掌控之中。它时刻注视着我，以从我的表情中来判断它行动的方向。

这天的雨一直没有停，后来越下越大，进入青海湖有一阵子是瓢泼大雨。但我进入青海湖后，我的整个人整个身心到了极其放松和得意的状态，特别是看到青海湖那块门牌时，我更是吹起了口哨。然而，老话说"得意会忘形"，所以，随后，"朱二黑"出事，就在青海湖。

进入青海湖后，天已经黑了，雨稍小了些，我给预订的客栈打电话，用导航仪定位方向后，信心十足地向青海湖客栈开去。最难的我都过去了，今晚要好好地睡一觉，好好地吃一顿。

我预计 8 点前能到达目的地。我打开音乐，边哼着小曲边在雨中慢行。前方，路面上有大小不一的坑填满了泥浆，并用石头压着。我开车轻松地躲过一块块石头，这时，有一个石块，其他车辆是绕开它开过去的。我看了很不懈，想我的车底盘高，一定能跃过去，所以我没躲，从它上面跃了过去。真的就像中邪了一样，鬼使神差，前面小块的石头我都是绕过去的，偏偏这块石头，我要跃过去。这个时候，就听见底盘"当"的一声响，车向上跳了一下，整

◉　进入青海湖了。

个人也向上跳了一下。我一惊，意识到车出事了，但仍怀有侥幸心理，因为车还能开。我没有停车，想车不会有什么大事，继续往前开，但明显感觉加油时隐隐有"嗡嗡"的声音。

　　这里离预订的客栈只有 26.01 公里。我想赶紧开到客栈，到那里再好好看看车。但是，突然发现仪表盘上的发动机灯亮了，忙停车，打电话给北京的 4S 店专门帮我修车的付师傅。付师傅让我不要开了，熄火。于是熄火，但随后车再也打不着了。

　　趴在车下看到底盘护板上有个深坑，一定是那块石头撞的。这时，有些慌乱。雨中，举目无助。于是打电话给客栈，告知自己就在离客栈 26.01 公里处，但车坏了，能否帮忙拖车或想办法。客栈老板让我自己找修理厂，他们帮不上忙。过了一会儿，客栈老板又打来电话说可以过来帮我拖车，但我要付钱。我说可以。

　　等了很久，客栈老板都没有来，我着急拦了辆大货车。货车司

193

静冷的青藏公路看不到一个人，偶尔经过一辆车都会让我激动不已。

194

申卡岗坡海拔 4880 米，现在我基本适应了高海拔。

195

天亮前，青藏公路的静美。

196
太阳出来了。美艳绝伦的青藏高原。

197
妥巨拉山海拔 5170 米。

198、199
随手拍的任何一张都是一幅绝美的油画。

200 ┤ 201
    │ 202

200

唐古拉山终于到了。朱旺
和"朱二黑"在此留存影像。

201

这就离开西藏地界了，
但青藏公路还在继续。

202

一定是唐古拉山的冰
山融化后汇成的湖。

203 风火山海拔 5010 米。　　　　*204* 风火山上的经幡。

205 进入可可西里无人区。其实青藏高原一路人都稀少，不止可可西里。

207　整个青藏公路上可以看到很多的雪山。

208

青藏公路的两边饲养着一群群的牦牛。

209	211
210	

209

朱旺和"朱二黑"在青藏公路
上。到唐古拉山,在这里已经
完全适应了高原反应。

210

"朱二黑"就想静静地待一待。

211

远处唐古拉山山顶的雪很厚。

212 穿越青藏高原的火车。

213 触手可及的美景。

214 这里是可可西里无人区的开始。

215 这里是可可西里无人区的结束。

216 出可可西里遇到修路，
全堵这里了。

机说，前面约一公里处有修车的，让我将车停下，走过去都行。但我不想离开我的车，我谢了大货车司机。

一个人在雨中茫然地站了会儿，不知道怎么办？而此时，天有些黑了，雨还在下着。

从车上找到一把扳手，趴在地上想卸下底盘护板时，突然听到喇叭声。一辆渝牌POLO停在前方。我认识这辆车，可可西里堵车时，这辆车就在我前方。

渝牌车上下来一男子，他也记得我，问我怎么了。我说车坏了，能不能请他帮我去前面修理厂叫修理工。

他立刻同意了，并记下了我的手机号。

渝牌司机走后，我坦然了些，反正已经这样了。我在路边等修理工的时候，有一辆京N车过来，我忙拦住，京N车立刻就停下了。从车上下来四名男子。我告诉他们我的车坏了。很明显，他们也不懂车，但还是认真地看了看我车的底盘和发动机，研究半天。说他们先回客栈然后帮我叫修车工。正说着，一辆车开了过来，从车上下来三个大男人，问：是你的车坏了吗？

原来，是渝牌车叫的修车工来了。

初看到三个大男子时，我一惊，朱旺也大叫起来，但随后一想，既来之则安之，哪有那么多的坏人。我让京N车上的四个男人先走了。

三个修车工拖上我的车，正往回拉时，又来了一辆红色小车，冲我按喇叭，客栈老板和一个伙计终于到了。客栈老板说："你怎么叫修车工了，不等我来。我这边有熟悉的修车工。"

我抱歉地说："我等了好久，以为你们不来了，才请人叫的他们。"

客栈老板也体谅我，没再说什么，开车跟着我一起去了修理厂。

在修理厂，我的车立刻架了起来，这时，又出来一个修车工，我才知道有四个修车工。

看到车下的伤痕，他们告诉我车的三元催化器撞坏了，所以，车子才打不着。

我不懂，我看了客栈老板和他的伙计。老板是当地人，一看就很有经验，他让四个修车工先报修车费用再修车。

在那四个修车工报价前，我说我是搞写作的，我有很多粉丝（其实没多少，我这样说只是为了保护我自己，没有任何想欺诈的意思）。我希望他们能实际收取修车费用，修好了，我会发微博谢他们的。但没想到的是，他们报了一个修车费用让我大吃一惊。他

● 6月27日，18点33分57秒，就是这块石头磕伤了"朱二黑"的底盘。
（行车记录仪显示的时间比正常时间晚整整两个小时）

们说 100 元。客栈老板也吓了一跳。

客栈老板讨好地问我有多少粉丝，我一下子想不出多少数字算多，便说很多很多，回头给你们客栈宣传宣传。后来就开始修车。修车期间不停地接到客栈老板娘找客栈老板的电话，都打到了我的手机上。原来老板没带手机，我也没有多想，她干吗不把电话打给伙计，而一次次打我的手机。

客栈老板和他的伙计一直陪着我到我的车能开了，我连修车费带换的零件共支付了 200 元钱给修理工。看他们一直帮我修车晚饭也没吃，我从车里拿出饮料、饼干和香烟给他们。他们真的是很纯朴的修车工，开始死活不收，但我还是坚持给了他们。还有客栈老板和伙计，一直陪同我到晚上 10 点多。我挺过意不去的，一直想怎么感谢客栈老板和伙计呢。

跟着客栈老板的车，我开着刚刚修好的车回到客栈。客栈很黑，什么也看不见。我本想先去看房间，但又觉得要跟客栈老板娘打个招呼。一是老板陪着我修车，这么晚才回来。二是路上她又打了四五个电话，但因太吵而没有听见，并且，此刻，手机不仅电力不足也欠费了。

客栈老板娘有些生气，她不理我，因为客栈老板陪我修车晚饭也没吃。客栈老板让我一起吃饭，我现在什么也吃不下。我拿出牛奶、饼干和饮料请客栈老板娘吃，我向她道歉，耽误了客栈老板娘吃饭。但老板娘不吃饼干也不理我，后来，勉强说了两句话后突然就问我的微博名，我告诉她了。她查看了后很不屑地说了一句，"你粉丝也不多嘛，才关注 19 个人，哼！"我立刻明白了她的意思，我也明白客栈老板一直陪在那里是真以为我有很多粉丝。我更过意不去了，我想解释，但客栈老板娘冷着脸立刻走了。

老板娘一走，老板也跟着走了。伙计在那里吃饭，我向伙计解释，我说粉丝多纯粹是为了保护自己，没有别的意思。伙计表示很理解，说他不是真正的伙计，是义工。是骑行客，边做义工边游青海湖。

我还是很感激伙计，将牛奶、饼干、饮料给他了。我想请他替我跟老板娘解释，毕竟我没有那么多的粉丝，却害老板陪我修车到晚上10点多。

等着义工吃完晚饭，近12点了，我累了，也困了。义工带我去看房间，曲里拐弯，黑灯瞎火，什么也看不见，我拿着手电，深一脚浅一脚来到一个院子，有一栋还在修建的房子里，走进一个房间。房间里两张床都没有铺床单，被子也没套被套。我对这房间有些意外，我是通过某龙网站预订的，这可是120元一晚的标间。但一想，这么晚了，老板和义工都累了。我问：有热水洗吗？有WiFi吗？义工说都有。于是他走了。我关上门，放下行李，想洗洗时，才发现，一滴水也没有，更别说热水了。再出门去找义工，偌大的院子空荡荡的，漆黑一片，哪里去找义工，他在哪个房间也不知道，更不敢走太远。只好回房关上门。在房间里站了许久，对这天发生的一切恍若梦境般。

想上网发现搜不到WiFi。和衣躺下，却怎么也不敢睡。走手机流量发微信表达自己很不安，感觉到这里不安全。黑夜本身也给人很多的不安全感。

朱旺很乖，一声不吭。

☀ ⛅ 🌧 ☁

26 受惊的一夜

这是受惊的一夜。这一夜几乎没睡。

没有水、没有 WiFi、没有人，我觉得很不安全，不知道这是个什么地方。我哪里也不敢去，灯也不敢关，醒一阵睡一会儿，等天亮。

时而给手机充电，时而看看微信。时而想没水没 WiFi，明天一早就离开。时而想自己花钱住店，老板娘凭什么给自己脸色看？又想车子还没修好，那四个修车工人很努力了。但这种街边小修理厂，技术装备都不到位，还是得去 4S 店才行。又上网查 4S 店，没有 WiFi，手机流量半天进不了网页。于是，在微信朋友圈里求朋友们帮忙找 4S 店。很快有朋友告知了附近 4S 店的地址和电话。

天快亮的时候，又睡着了。梦里竟然发现自己站在悬崖边，猛然惊醒就想这里会不会是黑店？车停在什么地方也不知道，自己在哪里也不知道。车安全吗？自己安全吗？朱旺焦虑地看着我起床下床又上床，有一点动静它就会低吼发出警告声。

抱起朱旺，顿觉安全。

幸亏有它。

终于熬到了天亮，刚 8 点就收拾东西出门，发现隔壁那间房竟然也住着人，一男一女，和我一样的旅行者。我正想问他们有没有水，他们先开口了，问我是不是通过某龙旅行网订的房。我说是的。他们也是的，他们抱怨订房时给某龙旅行网付有担保金，这么差的房子，不住都不行，可这房哪里能住人。女的很生气，越说越气，说某龙旅行就是个骗子网站，这样的客栈也推荐。其实我也是觉得这种还在修建中的客栈不应该营业，而某龙旅行网至少应该先了解一下。我没好意思接女子的话，住房条件的确很差，可是客栈老板和义工陪着我修车那么长时间，我不好说什么。我抱着朱旺离开了房间。

拐了几个弯，院子到处都是修建房屋堆放的水泥砖块。终于看到"朱二黑"了，心里踏实了许多。汽车发动机上有好些蓝色的液体（后来知道是冷冻液漏了），我看着好着急，不知道怎么办好。没有看到其他人，我在车里坐了会儿，想着该怎么办。

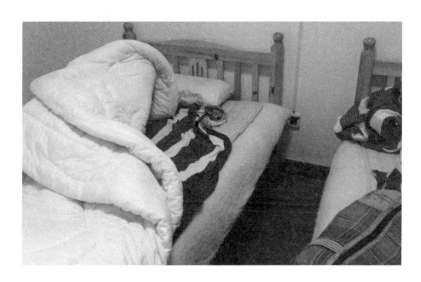

还在修建中的客栈。床铺、被套都没有套，没水，没 WiFi，按说不应该营业
的。某龙旅行网却在网上出售预订房间。并且要预付金，48 小时内不能退款。

　　终于搜到了 WiFi，给手机续费后，给西宁的铃木 4S 店打电话，
但没有人接，可能还没有上班。我坐立不安，于是将电话打给了北
京铃木 4S 店的付师傅。付师傅问报保险了没有。报保险？我没明
白。付师傅说车坏了，你要报保险公司帮你修车啊。我这才知道，
保险公司可以修车。

　　于是打电话给保险公司。保险公司让我等着，他们派人来验车。

　　心里稍安了许多，这时有人起床了，一打听才知道都是义工。
这个客栈老板很精明，修建客栈期间在网上招了很多义工来帮忙，
免费吃住，同时可以游青海湖。

　　终于在蓄水罐里找到水刷了牙、洗了脸。

　　一直没有看到老板，后听说老板前几天盖房子摔伤了，昨晚又
陪我修车一晚，今天一早去医院了。我很内疚，想找个什么方式来

谢老板。

临近 12 点的时候，我想还是结账吧，今天肯定不会住这里了，这里也没法住人。一个湖北籍的服务生收了 120 元的房钱后，说老板交代还要收 100 元钱，是昨晚和义工陪着修车的费用。我先是一愣，但随即坦然了，我正不知道怎么谢谢老板呢。

我二话没说，递给服务生 100 元钱。他有些不好意思，说你可不要以为我讹诈你。我说你这是帮了我一个大忙，我正不知如何来谢你们老板这个人情，只是 100 元钱够吗？

下午 1 点的时候，保险公司的人来了。挺负责的，仔细询问了事情的经过，看完车拍了照片后，他们就走了。临走前叫我不要再开车了，怕影响到车的其他部位，他们已安排拖车师傅来拖车。

修车有着落了，我踏实了许多。带着朱旺在青海湖边散步，想让自己心情好起来。有好的心情才能解决问题。青海湖很美，我没敢走太远，怕拖车师傅随时会到。

回到"朱二黑"身边，接到拖车师傅的电话，他在途中，估计一个多小时后到达。等拖车师傅的时候，我竟然在车里睡着了，而车门半开着。朱旺在我睡觉的时候，一直守在旁边，既不叫也没有跳下车去。后来听到有汽车喇叭的声音我才醒来，拖车师傅来了。

拖车李宁师傅是个很有意思的人，我第一次坐这种大拖车，很兴奋，抱着朱旺一路慢慢说着话，我们到了西宁。

"朱二黑"进修理厂了，"朱二黑"住院了。

在修理厂附近找了一家不错的宾馆住下，一晚 120 元，房间很干净。我洗了热水澡，上网发微信报平安，今晚打算睡个踏实觉。

"朱二黑"被拖车载往修理厂。　⚫

洗了澡和朱旺去了旁边一条街，那条街上全是大排档，炒海鲜居多。我点了炒蛏子，给朱旺点了羊肉串，羊肉串好辣，没敢都给它吃。

2014年6月28日，朱燕、朱旺、"朱二黑"，一个人一条狗一辆车，北京自驾西藏的第21天，来到西宁。"朱二黑"入住西宁修理厂，等待治疗。

似乎一切就要好起来。

我满怀希望。

27 "朱二黑"住院六天

2014 年 6 月 28 日至 7 月 3 日，"朱二黑"住院六天时间。这六天我都待在西宁。哪里都没去。

开始我以为"朱二黑"最多住院修理三天。不就是换零件吗，但没有想到却等待了六天。真的是漫长的等待。

6 月 29 日星期日

　　早晨起床，惦记着"朱二黑"，吃了早餐就和朱旺去修理厂了。"朱二黑"还放在那里，跟我离开时一样。接待我的小赵看我来了，让人将车吊起来，这才发现车底被撞的部位不少。前桥，油箱，传动轴，发动机托盘⋯⋯有些我记下了名字，有些我不懂。修车工拆下了水箱，水箱下面有一个洞，最后跟我确定车上需要换的零件是水箱和三元催化器。

　　一切定下来后，我更踏实了。车已坏了，人没事就好。一切要正常起来。

修理厂停满了待修理的汽车。　●

中午在宾馆楼下的餐厅里吃的午饭，饭后，上网查到附近有宠物店，于是带朱旺去洗了澡。随后回到宾馆抱着朱旺睡了一觉，醒来想车的零件到了换上就能够回北京了。可是零件什么时候能到呢？打电话到修理厂，告诉我他们已经安排了，让我放心。我就挺开心的，想明天可以在西宁玩玩。

晚上发微博，写游记，发现手粗糙了不少。毕竟开了这么多天的车。

今天才有心情倒照片。行车记录仪的录制时间截止到 6 月 27 日。

写完游记后，看了会儿电子书《史记》，睡了。

6 月 30 日星期一

这是让人辛苦劳累的一天。

早晨，本来计划是去修理厂看"朱二黑"后就去西宁塔尔寺玩。但到了修理厂才知道，配件并没有着落。我一下子很着急，当时就打电话给北京的铃木 4S 店，得知有水箱，但没有三元催化器。我顾不得去玩了，回到宾馆上网问网友，发帖子，打电话问各地的铃木 4S 店……

中饭后，我又到了修理厂，定损部何主任跟我商量：新的水箱周三能到。三元催化器得从上海铃木总部调货，时间有些长。修理厂先从广州调个原装的二手三元催化器装上，让我先回北京，随后将新的三元催化器直接快递给我，我在北京找家 4S 店换上就行。

确定这些后，已是下午 4 点多了。疲惫不堪，觉得一切那么难，一个人真的很难。晚上洗澡的时候，终还是不够坚强，忍不住落泪了。不是胆怯，不是懦弱，是心疼自己。

抱着朱旺躺在床上，想我如此善良，从不肯伤害他人，回家之路却是如此漫长（按计划，今天应该到家了）。

7月1日 星期二

睡到中午才起床，车不好，没有心情去任何地方游玩。

朱旺真乖，出门一泡尿撒了很久，接着马上便便。我们依旧在宾馆楼下餐厅里吃饭。点了个干锅菜花，一碗米饭。

午饭后，我去了修理厂，确定了明天中午水箱和二手三元催化

洗了澡的朱旺很无聊地和我待在酒店里。三四天后，车的零件还没到，我等得很烦躁了，幸亏有朱旺陪着。

器都会到货后，我踏实了。那么就是说周四我就可以回北京了。

回北京后，一切就要恢复到过去。工作、吃饭，和过去所有的一天一样。

我突然有些失落，经历了西藏的生死，我还要去过那种周而复始的日子吗？

躺在床上，看着旁边的朱旺，真是庆幸有它的陪伴。在我最危险、最难、最无措的时候，陪伴我的只有它。

或许，我该找一份爱情，做一些自己想做的事。

睡前，我想，旅行就要结束了。

回到家后就结束了。

我要好好想想我的未来。

7月2日星期三

突然特别恨西宁这个地方……本以为今天车就能修好，结果到了修理厂才知道三元催化器明天才能到货。很是让人生气。后来又知道修理厂上报保险公司给我的车需更换的零件有油箱、前桥、水箱、三元催化器，但跟我说只帮我换三元催化器和水箱。我更生气了，这不是骗保费吗？

一个人在外，真的是不敢与人过多地争辩，还好，何主任是个很善良的人，也可能是看我一个女人，他说这些零件都会给我换上，既然报了保险公司就应该给我换上。说我可以回北京换，他们支付费用。

又带着一个美好的承诺回到宾馆。

晚上躺在床上依旧很难过。一个人一生中要经历多少事，我这趟旅途要经历多少事……什么时候才能回家。

难过片刻，我又安慰自己既然发生了就不要去抱怨。我仍然相信世上好人多，我相信始终保持一颗善良的心，一定会有美好的结果。

28 归心似箭

一个旅行中的人，当想到要回家的时候，是归心似箭的。

2014 年 7 月 3 日，朱燕、朱旺、"朱二黑"，一个人一条狗一辆车，北京自驾西藏的第 26 天。中午，特地和朱旺在楼下餐厅里美美地吃了一顿烤鱼，然后我退了房。在这里住了六天了。餐厅里的人都认识我了。

我跟一个朋友开玩笑说："如果今天还走不了，我就住修理厂了。"

我想今天无论如何是可以回家了，但真是天有不测风云。

217

昆仑山是我梦中的地方，可惜是夜里经过的。

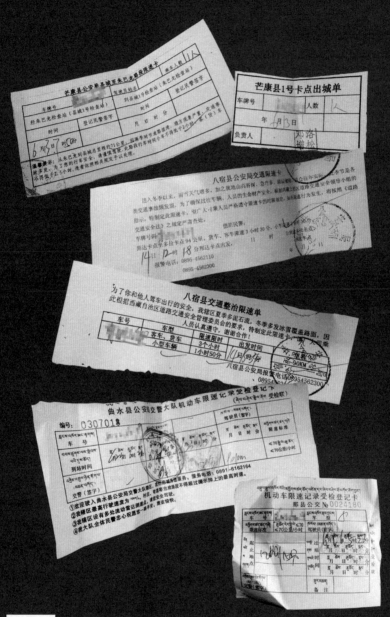

部分进藏后各路段的限速条。

219

去往青海湖的高速路上。阴雨天
的高速路，别样的美。

220
帅气的朱旺和"朱二黑"。

221
我原是准备在青海湖
静静地待两天。

222
除去"朱二黑"受伤，
青海湖依旧美如画。

223
"朱二黑"被拖车载
往修理厂。

224 离开青海湖去往西宁
的路上。

225   归途中。西宁回北京的高速路旁的休息区。

226   要进入北京了。进京的路很顺，但过了五环后，就堵
车了，一路堵到四环，首都——首堵，一点儿都没错。
但这个时候即使堵车都是开心的，因为就要到家了。

227

在鲁朗遗失的装着 U 盘等物件的小帆布包，后被鲁朗派出所罗警官找到并快递回北京。

228

回北京后，在 4S 店换上新零件并修理好的"朱二黑"。

我牵着朱旺，背着行李，到了汽车修理厂。我将行李都放在车上，安心地等广州的二手三元催化器快递到。只要它来了，装上了，我就可以开车回家了。但万万没想到的是，3点多，修理工告诉我，订货员将货物的型号弄错了，快递来的是其他车的三元催化器时，积聚六天的愤怒和焦虑再也无法抑制地喷射出来。六天了，整整六天，从"朱二黑"拖到这里开始修理到现在，六天了。

"不过一个二手三元催化器，有那么难买来吗？"我大声质问订货员，"新的都快递来了。"

订货员很凶地要和我争辩，站起来冲到我面前。

我一点也不让他："你白痴啊！发货前你不跟对方确认货品型号吗？不会QQ传图片给对方看吗？"

看我真怒了，订货员躲一边去了。

修理工这些天看到我就逗朱旺，和我开玩笑逗乐子。现在又跑来逗朱旺，惹得朱旺"汪汪"大叫。

我抱起朱旺，大声说："别逗朱旺，别逗我的狗，别惹我，烦着呢！"

果然，都不再敢和我开玩笑了，更不敢逗朱旺。

"我一直好言好语，都觉得我好欺负是吗？"

还是因为我是个女人，一个有些年龄的女人。我发了一通脾气后，大家都不作声了，只是远远地看着我。何主任叫来了工人，找到我那个旧的三元催化器，让工人们紧急修理。

何主任对我说："对不起，朱小姐，今晚一定让你能够回家，我们保证弄好你的车，让你平安回到北京。其他零件你回北京换，费用由保险公司来出。"

要说，何主任是个很不错的人，真的很负责任。果然，下午5

等待六天后，我已没耐心了。修理厂何主任是个不错的人，他安排修理工先修好那个坏了的三元催化器，让我能够上路，回北京再换新零件。

点多，车能开了，并且没有声音，跟过去一样。

何主任开车引路将我送到高速口，再三抱歉，并祝我一路平安。就这样，我上了高速，踏上了归程。

我要回家了。

即使归心似箭，我依然提醒自己平稳地开车，已经是最后的回家之路了，不能再出任何岔子了。本来打算去兰州住一晚，但在高速服务区预订房间的时候，突然不想离开高速，此时此刻只想回家，哪里也不想去，就是要回家。于是，继续开车上路，晚上11点39分在白银东服务区停车休息。

用微信给朋友家人报平安。

却怎么也睡不着。

☀ ⛅ ☂ ☁

29
"首堵"北京

2014 年 7 月 4 日，出门的第 26 天。

早晨，被朱旺的"哼哼"声吵醒，原来一对男女正站在我的车前吃泡面。我也饿了。看时间刚过 6 点。

吃过早餐和朱旺上路，打开音乐，刚听一首歌就关了，觉得吵。看来，现在的心事都在回家上。

高速服务区的条件是越来越好，越往北京走越好。有些服务区的餐厅区还有给手机充电的插座口。中午我和朱旺在车里睡了会儿，想着马上就要到北京了，安全第一。这段时间疲惫加精神高度紧张，晚上都没有睡好。

晚上6点时，看导航仪显示离北京还有600多公里，犹豫要不要下高速找个酒店住一晚。最终还是决定留在高速上。现在一门心思就是回家，虽然不盲目赶路，但还是不想离开高速。

夜里10点多，来到了五台山高速服务区。

旅游区的高速服务区就是热闹。跑来跑去的孩子，川流不息的汽车。人多安全，我决定在这里过一夜。

和朱旺躺在车上，能看到远处五台山风景区的灯箱字样。

如果不是"朱二黑"坏了，在西宁被困了六天，我一定会顺便逛一下五台山。

◉　回家路上，高速服务区的条件越来越好，越往北京走越好。有些服务区的餐饮区还有给手机充电的插座孔。

再醒来时是早晨 4 点半，发现周围车里都睡着有人。不禁哑然失笑，我以为就我睡在车里。

吃了点东西后上路，7 点 13 分到达保定。这里离北京不到 200 公里。心里很舒畅，马上要到家了。

进京的路很顺利，但过了五环后，就堵车了，一路堵到四环，首都——首堵，一点都没有错。但这个时候堵车都是开心的，因为就要到家了。

车到四环时，竟激动不已。27 天了，在外 27 天。终于，要回家了。

中午 11 点 33 分。一个人一条狗一辆车，北京自驾西藏第 27 天。朱燕、朱旺、"朱二黑"平安到家。

将"朱二黑"停在地库的时候，我长长嘘了口气。

回家了。

我终于回家了。

☀ ⛅ ☔ ☁

30 谁说一个人不能精彩

一个人一条狗一辆车，朱燕、朱旺、"朱二黑"，北京自驾西藏，6月8日出发，7月5日回到北京。

路程：北京—平遥—汉中—雅安—雅江—巴塘—左贡—然乌湖—墨脱—鲁朗—拉萨—日喀则—拉萨—纳木措—那曲—格尔木—青海湖—西宁—兰州—五台山—北京，共27天，全程8629公里（不含青海湖至西宁150公里）。

共花费：17042元。其中：高速费1931元，加油5560元，食宿

5098 元。

（花费为略记）

睡一觉起来后，感觉如梦一般。

看微博，有人说我是英雄是勇士。其实我不过是一个人自驾西藏玩了一圈而已。惭愧噢！（但内心还是有些小得意的）手背和脸晒黑了。

在小区里遛狗，一切如故。刚回时的那种得意感渐渐淡化。生活其实不过如此，旅行结束了，一切恢复正常。我将继续我的生活，上班挣钱吃饭……就是这样。

邮箱里有三封定时邮件，是我自驾西藏出发前写的，分别给三个朋友，是担心途中会出现意外。我以为这是一种负责任的行为。

我的心脏一直不好，严重的频发性早搏，去年医生就建议我做手术。我一直犹豫是否自驾西藏，最终还是决定冒次险。天佑我，让我毫发未损回京……我把定时邮件取消了……

整理照片、行车记录仪里的视频，看写的游记……谁说一个人旅行不能精彩，这趟北京自驾西藏 27 天的旅行在我的整个人生中精彩至极。

回家了，但朱燕、朱旺、"朱二黑"的旅行没有停止。

刚刚归整完行李，我就在想，下一次的旅行我会更有经验。

我和朱旺的旅途刚刚开始。

后 记 ／ 其实远远不止这些

　　这是一本简简单单的旅行随笔。

　　这本旅行随笔，我写了许久。

　　中途曾经放弃了。

　　其实旅行中每日都写有日记，应该很快就能完成这本随笔。但写作途中，每每浏览图片，观看行车记录仪里的视频，西藏的景、西藏的人、途中的一幕幕……每一处都让我感慨而无法割舍。想说想写的太多，但落笔时，又觉得都不重要。西藏 120 多万平方公里，我只不过行走了毛皮。西藏的博大深奥，我又了解多少，哪里就能写一本书呢？

于是我决定放弃。

在这期间，重新审视我的过往人生，我到底要做什么，到底想成为什么样的人。我看书、写小说……为工作忙忙碌碌。有一天，从上海出差回到北京，看着空荡荡的家，我想，这是我要的生活吗？很多工作不是我喜欢的，也不是我想要做的。

我想要的到底是个什么样的生活。

思索良久，我毅然辞去了这份很多人看来非常体面的工作。我决定我的未来就是旅行＋写作。

辞职后，日子过得悠闲而自在。我完成了一部长篇小说，制订了写作计划。回头再看整个西藏的自驾记录，看雅安的烂路，看墨脱的飞檐走壁，看通麦天险的死亡之路，看川藏线上的美景……这个时候，突然地放松和静谧。这才是我想要的生活，我应该写完这本旅行随笔。

写作过程中是美好的，就像再次经历了一场北京自驾西藏之旅。视频里，车启动时朱旺的狂叫声，"朱二黑"在悬崖边匍匐前行，布达拉宫转经的藏民……

西藏，我还会去，会坐火车去，会坐飞机去，会开车去，会带朱旺去……

下一次我要去阿里，去拉姆拉措……我想走遍整个西藏。并且，每一次行走，我都想写下来，我的经历，我的心情，我的旅途小故事……

其实旅行，远远不止这些，得到的也不仅仅是一本随笔。

旅行让我明白，我想要过怎样的生活。

旅行也能让你明白，生活有很多的选择。

所以，我和朱旺的旅行会继续。

下一站，我们会去哪里？

2015 年 2 月 25 日

PS.

文章最后，附上此次自驾西藏所带的药物和路书，仅供即将远行西藏的朋友参考：

1）感冒药：感冒清热颗粒，白加黑，百服宁，泰诺，阿莫西林，抗病毒口服液，止咳复方鲜竹沥液，复方甘草片，九味羌活颗粒，双黄连嘴嚼片。

2）心脏药：复方丹参滴丸，通心络胶囊，速效救心丸，硝酸甘油片，诺迪康胶囊。

3）去痛类：芬必得，安乃近，维 C 银翘，去痛片。

4）去火类：牛黄解毒片，息斯敏，新黄片，西瓜霜含片。

5）治外伤：创可贴，碘酒，棉签，云南白药气雾剂，红花油，跌打万花油，胶布，剪刀，胶条。

6）肠胃拉肚子药：甲硝唑片，六味安消胶囊，藿香正气，头孢克洛，盐酸黄连素片，十滴水，泻立停，吗丁啉，黄连胶囊。

7）其他：眼药水，盐酸地芬尼多，新博林消炎，氧气袋。

北京自驾西藏详细路书：

D1. 北京 – 平遥，582 公里，计划 7 个小时到达。

D2. 平遥 – 汉中，789.1 公里，计划 10 个小时到达。

D3. 汉中 – 雅安，596 公里，计划 7 个小时到达。

D4. 雅安 – 新沟（海拔 1310 米）– 康定（海拔 2395 米）– 折多山（海拔 4298 米）– 新都桥（海拔 3630 米）– 高尔寺山（海拔 4412 米）– 雅江（海拔 2530 米）。住雅江，全程 337.4 公里，计划 8 个小时到达。

D5. 雅江 – 剪子弯山（海拔 4659 米）– 卡子拉山（海拔 4718 米）– 理塘（海拔 3968）– 海子山（海拔 4685 米，防打劫，快速通过）– 义墩（海拔 3280 米）– 巴塘（海拔 2425 米）。全程 308.2 公里，计划 8 个小时到达。

D6. 巴塘 – 宗巴拉山（海拔 4170 米）– 芒康（海拔 3750 米）。103.9 公里，中午前必须赶到，住下，调整。进出芒康县提防拦劫的小孩。

D7. 芒康 – 拉乌山（海拔 4338 米）– 竹卡（海拔 2630 米）– 觉巴山（海拔 3930 米）– 登巴村（海拔 3440 米）– 东达山（海拔 5008 米）– 左贡（海拔 3877 米，高原反应危险地段）– 邦达（海拔 4015 米）– 业拉山（海拔 4618 米）– 怒江（海拔 2740 米）– 八宿（海拔 3225 米）– 安久拉山（海拔 4325 米）– 然乌湖（海拔 3960 米）。全程 448.5 公里，计划 9 个小时到达。

D8. 然乌湖 – 墨脱（海拔 1200 米，越野路段），247.5 公里。计划 8 个小时到达。

D9. 墨脱 – 波密（海拔 2775 米）– 通麦（海拔 2030 米，318 最险的悬崖路段，流沙、塌方、路陷，谨慎快速通过）– 八一镇（海拔 2930 米），全程 348.8 公里，计划 8 个小时到达。

D10. 八一镇－工布江达（海拔 3330 米），129.8 公里。计划 2 个小时到达。

D11. 工布江达－松多（海拔 4170 米）－米拉山（海拔 5013 米）－墨竹（海拔 3830 米）－拉萨（海拔 3650 米），全程 277.2 公里，计划 6 个小时到达。

D12. D13. D14. D15. 拉萨，羊卓雍措，大昭寺，布达拉宫，拉萨河等。

D16. 拉萨－日喀则（海拔 3650 米），264.6 公里。

D17. 日喀则－珠峰大本营（海拔 5100-6200 米，最高海拔地段，最烂的搓衣板路），339.5 公里，计划 9 个小时到达。

D18. 珠峰大本营－日喀则，339.5 公里。

D19. 日喀则。

D20. 日喀则－当雄（海拔 4200 米），331.9 公里。

D21. 当雄－纳木措 81.1 公里（海拔 4718 米，大风高原反应危险地段）－那曲（海拔 4500 米，早早住下，休息，少活动）226.9 公里。

D22. 那曲－格尔木，827.3 公里（穿过可可西里无人区，不要离开公路，逢加油点加满油。小心野狼及野生动物，9 个小时内必须穿过）。

D23. 格尔木－青海湖，663.8 公里。

D24. 青海湖一天。

D25. 青海湖－兰州，336.3 公里。

D26. 兰州－榆林市，712.1 公里。

D27. 榆林市－北京，786.8 公里。

图书在版编目（CIP）数据

开车带狗去西藏 27 天/朱燕著. –北京：作家出版社,2015.9

ISBN 978 – 7 –5063 –8120 –8

Ⅰ.①开… Ⅱ.①朱… Ⅲ.①旅行随笔 –作品集 –中国 –当代

Ⅳ. ①I267.4

中国版本图书馆 CIP 数据核字（2015）第 146897 号

开车带狗去西藏 27 天

作　　者：朱　燕

出版统筹：文　建

责任编辑：汉　睿

特约策划：花花文化

装帧设计：棱角视觉

出版发行：作家出版社

社　　址：北京农展馆南里 10 号　　邮编：100125

电话传真：86 – 10 –65930756（出版发行部）

　　　　　86 – 10 –65004079（总编室）

　　　　　86 – 10 –65015116（邮购部）

E – mail：zuojia@ zuojia. net. cn

http://www. haozuojia. com（作家在线）

印　　刷：中煤涿州制图印刷厂北京分厂

成品尺寸：152 ×210

字　　数：120 千

印　　张：20

版　　次：2015 年 9 月第 1 版

印　　次：2015 年 9 月第 1 次印刷

ISBN　978 – 7 –5063 –8120 –8

定　　价：43.00 元

花花文化策划

"一个人去旅行"书系
做中国最好看最有趣的旅行故事

新书推荐

《开车带狗去云南 28 天》　朱燕 / 图 + 文

内容推荐：

★ 有一天，一个女人突然决定旅行，就带着一条狗开着一辆车上路了……

★ 从北京出发，开车到泸沽湖，又从泸沽湖到丽江、大理、腾冲、瑞丽、西双版纳、昆明，再回到北京，8770 公里。

★ 第一天，忐忑不安地上路，不敢随便与人搭讪，在陕西高速错走了近300 公里。

★ 第一晚，夜宿高速服务区的胆怯，将车窗遮盖得严严实实……而在归途中却大胆露宿高速服务区并与陌生人热切攀谈。

★ 一个女人一条狗一辆车，北京自驾云南 28 天。一路上，没有攻略，没有当地的风土人情，没有旅游景点的推介……有的只是一个女人关于天气、关于心情、关于路况、关于车况的絮絮叨叨。

★ 一段旅行打开了一段人生。从不确定到坚定，从出发到回归，从未知到找回自己。

★ 旅途中有快乐与悲伤，有感动与疲惫，有偶遇与落寞……

编辑推荐：

★ 一次人生思考的心灵旅行，一本扣人心弦的日记体旅行随笔。

★ 从上千张图片中精心挑选出的近百张真实图片，有图有真相，值得纪念和收藏。

★ 一次旅行，完成我的心愿。一本书，开始你的梦想。

★ 一个女人，一条狗，一辆车，需要何等的坚强和毅力去完成这样一次非凡的"心灵之旅"。

★ 28 天, 8770 公里，北京 - 泸沽湖 - 束河古镇 - 丽江古镇 - 大理 - 腾冲 - 瑞丽 - 大理 - 西双版纳 - 昆明 - 北京。

《飞》（精装） 朱燕 著

天使之爱，越界之爱，咫尺之恨，天地遥念。在性别符号之间偷越的都市爱恋。沉陷、纠结、深陷其中又无力自拔的少女情怀。

"无论你是什么人，你都生活在一个无形的圈中，这个圈包围着你，直到窒息。"

一个并不纯情的四季故事，一曲纯到极致的凄美夜歌。

有人说：一个人的一生其实只有两天，一天用来出生，一天用来死亡。

孙波是一个我行我素到了极点的女孩，其实什么事情到了极点也就物极必反，所以孙波又是一个很矛盾的女孩。

小浪是一个和孙波同龄的、像湖水一样柔顺、像花一样漂亮的女孩。

研究生是一个高大英俊的男孩，他这一生最幸运和最不幸的事，就是爱上了孙波和小浪。

画家是一个有妻儿的男人，也是一个深爱着孙波的男人。

故事围绕着这四个年轻人展开……

爱情永远是一个伤害人的东西。

网友留言：

1. 第一次有让我流泪的小说，会联想起自己的很多过往。

2. 这是一本让你看的时候会流泪，看过之后想起来还会为之动情的小说。比起现在社会上、电视中的各种爱情叫嚣誓言，书中的爱情让人更加为之动容。至少我为此小说哭过，为书中之人痛过！

《情》（精装） 朱燕 著

微博连载后，短短三个月点击量过千万。被网友评价为 2015 年度最感人情爱小说！写出了情人之间纠结、沉陷、纯粹、刻骨铭心的爱情。

"爱谁并不重要，愿生命中有爱"。小说讲述一位大学女教授和她的学生因一次偶然情欲后发生的令人心碎而感人的爱情故事。客观真实坦率地正面描写了当今中国同性恋的爱情婚姻工作生活，同性爱在社会中的艰难和努力，但他们始终没有放弃。爱情是属于那些执著追求而勇于承担责任的人。

名家推荐：

　　朱燕是个很会讲故事的作家，《情》好看。她的一切都是女性角度，《情》是很合适的名称，因为对女人来说，没有"情"，就不太可能有"性"。就是没有"情"有了"性"，"情"也会突然降临的……

——洪晃

《iLOOK》杂志出版人

BNC 薄荷糯米葱中国设计师店投资人

　　尽管当代小说中同性恋题材如严歌苓等早有涉及，但如此集中地探索，且表现得如此深入的，在我的视野中这还是第一部。就此而言，此小说可谓是一部突破之作。小说一方面呈现了一个对绝大多数读者来说尚属陌生的情感领域，一方面也令人信服地揭示出，在这个其实非常古老的领域中，"情"和"性"的关联纠结和异性恋同样复杂，有着同样深致的社会、文化、审美和人性内涵。

——唐晓渡

著名学者、诗人、评论家

花花文化订阅号：
zyhuahua1226

新浪微博：
@ 花花文化

新浪微博：
@ 朱燕－独行客